Klaus Kordon

Hadscha, ich und der Himmel über der Pampa

Klaus Kordon

Hadscha, ich und der Himmel über der Pampa

Roman

BELTZ
& Gelberg

MIX
Papier aus verantwortungsvollen Quellen
FSC® C089473

Dieses Buch ist erhältlich als
ISBN 978-3-407-75434-9 Print
ISBN 978-3-407-74679-5 E-Book (EPUB)

in der Verlagsgruppe Beltz · Weinheim Basel
Werderstraße 10, 69469 Weinheim

Lektorat: Frank Griesheimer
Neue Rechtschreibung
Einbandbild und -typografie: Suse Kopp
Foto: © plainpicture/Sarah Eick – aus der Kollektion Rauschen
Satz: Publikatons Atelier, Dreieich
Druck und Bindung: Beltz Grafische Betriebe, Bad Langensalza
Printed in Germany
1 2 3 4 5 21 20 19 18

Weitere Informationen zu unseren Autor_innen und Titeln
finden Sie unter: www.beltz.de

Südamerika

Nein, das war keine Flucht, kein Abhauen! Nur so eine Art Auszeit. Weg von Jessy, der er die Geschichte mit Peer nie zugetraut hätte; weg von den Eltern, die ohne ihn viel besser über ihre Probleme reden konnten; weg von Apfelschröder, der, wie er ihnen am letzten Tag vor den Ferien verkündet hatte, auch in der Zehnten ihr Klassenlehrer bleiben würde.

Drei gute Gründe für diese Fahrt mit dem voll bepackten Rad durch den gerade erst heraufdämmernden Sommermorgen. Oder waren das alles nur Beruhigungspillen für sein schlechtes Gewissen? Langsam, sehr langsam radelte Matti zwischen all den um diese Zeit noch so stillen acht-, zehn- oder zwölfstöckigen Wohnblöcken hindurch. Die Geschäfte in der Fußgängerzone, erst in drei, vier Stunden würden sie zum Leben erwachen. Auch Autos oder Laster überholten ihn nur selten. War ja Sonnabend, da gab's noch nicht viel Morgenverkehr.

Die großen Taschen rechts und links am Gepäckträger machten sein Rad schwer wie ein Motorrad, quer drüber lagen die erst gestern gekaufte und vor den Eltern versteckte, eng zusammengerollte Isomatte und der Schlafsack, beides mit Strippe festgebunden. Ob er aber auch sonst an alles gedacht hatte? Sicher hatte er vor lauter Pläneschmieden irgendwas Wichtiges vergessen.

Die Sonne ging auf, die Vögel in den Bäumen wurden lauter, die Häuser rechts und links dörflicher. An immer mehr bunt blühenden Gärten radelte er vorüber. Seine Laune besserte sich, grinsend begrüßte er die Wegweiser, kräftig trat er in die Pedalen.

Wo er hinwollte? Windeck hieß das Dorf. Vor vier Jahren hatten die Eltern und er dort Ferien gemacht, nur eine halbe Autostunde von der Ostsee entfernt lag es. Und das Mädchen, das er dort kennengelernt und das diese Ferien so spannend gemacht hatte, hieß Inka. Ein Jahr älter als er war sie, also damals zwölf, hatte viel gelesen und irgendwann auch etwas über Südamerika und von den *Inkas* erfahren, die früher mal dort gelebt hatten. Eine Namensgleichheit, die sie neugierig gemacht hatte. Also hatte sie sich noch weitere Bücher über Südamerika besorgt und ihm während dieser Ferien, stolz auf ihr Wissen, stundenlang von den Anden, vom Amazonas, dem Orinoco und den unendlichen Pampas Argentiniens vorgeschwärmt. Eines Tages, so hatte sie immer wieder beteuert, wollte sie mal dorthin auswandern.

Aber ob sie das immer noch wollte? Und wie sie jetzt wohl aussah, mit sechzehn? Ja, und ob sie sich überhaupt noch an ihn erinnerte?

Die Straßen, von der Hitze der vergangenen Wochen schlimm mitgenommen, wurden holpriger. Er musste Slalom fahren, um die bösesten Schlaglöcher zu umkurven, doch verdrängten die Bilder in ihm alles andere.

Inka und er hatten ja nicht nur über Südamerika geredet, sie hatten auch Südamerika *gespielt*. Einen alten, sicher schon seit Jahrzehnten leer stehenden, völlig heruntergekommenen Bauernhof weit außerhalb des Dorfes hatten sie zu ihrer Hazienda erklärt, drum herum lag *ihre* Pampa. Ein nur schmaler, flacher, aber sehr quirliger Bach wurde ihr Amazonas, wenige Hundert Meter dahinter erstreckte sich ihr Dschungel, düster und verlockend.

Fast jeden Tag waren Inka und er zu dieser Bauernhofruine geradelt und hatten sich mit dem dicht wuchernden Wildwuchs abgequält, um ihr Land *urbar* zu machen. Danach hatten sie dann jedes Mal im Wald Reisig gesammelt. Für das Lagerfeuer, das unbedingt sein musste. Und dann hatten sie davorgesessen, mit vor Sonne und Hitze glühenden Gesichtern, und sich ihre von den Feldern geklauten und auf Zweigen gespießten Frühkartoffeln geröstet. Und wollten sie danach noch immer nicht ins Dorf zurück, verkrochen sie sich in das große, ehemalige Bauernhaus. Eine leere Kiste wurde zum Tisch, zwei Kerzen drauf zum Kronleuchter und dann erzählte Inka von Südamerika. Ob aber alles stimmte, was sie ihm so bunt ausgemalt hatte? Inzwischen hatte er da so seine Zweifel.

Silvia und Eddie hatten von all diesen Abenteuern nichts mitbekommen, wollten nichts als relaxen. Deshalb waren sie ja auch in dieses vom Ostseetrubel so weit entfernte Dorf gefahren. Dass da ein Mädchen war, das sich ihren Sohn unter den Arm klemmte? Besser hätte es für sie nicht kommen können.

Die Sonne stieg höher. Mal stach sie Matti in die Augen, mal wärmte sie seinen Rücken. Jetzt, seit längerer Zeit auf dem flachen Land unterwegs, überholten ihn immer öfter Reisebusse und voll bepackte Urlauberautos, aus denen manchmal Kinder winkten. Er aber blieb der *poor lonesome cowboy* auf seinem schwer beladenen Rad. Einziger Begleiter: sein Schatten. Der fuhr mal neben, mal vor, mal hinter ihm her.

Wieder dachte er an Inka. Und wenn sie längst nicht mehr in diesem Dorf wohnte? Oder sich wirklich nicht mehr an ihn erinnerte? Kamen ja öfter mal Feriengäste in diese Gegend, warum sollte sie nach ihm nicht noch jede Menge andere Vierzehn-Tage-Freunde gehabt haben? Und falls sie doch noch wusste, wer er war, vielleicht blickte sie ihn ja nur blöd an. So ein plötzliches Wiederauftauchen nach immerhin ganzen vier Jahren war ja 'ne ziemlich schräge Sache. Am besten würde er das Ganze wie einen Witz aufziehen: »Bin auf dem Weg zur Ostsee, wollte nur mal kurz nachschauen, ob du inzwischen schon nach Südamerika ausgewandert bist.«

Doch in Wahrheit wäre das natürlich ein heftiger Schlag unter die Gürtellinie, wenn sie ihn nicht wiedererkannte. – Ja, er wollte weg! Um endlich mal ein paar Tage in Ruhe über alles nachdenken zu können. Aber er wollte *auch* und vielleicht sogar *vor allem* zu Inka! Nach der Sache mit Jessy brauchte er das …

Erste Rast vor einem Dorfladen. Wurst und Brötchen aus der Hand, Flasche Cola dazu, bisschen in die Sonne gesetzt und die Beine ausgestreckt. Doch schon nach kurzer Zeit kehrte die Unruhe in ihn zurück, weiter ging's die endlosen Baumalleen entlang.

Zwei Tage würde er für die Fahrt brauchen. Also musste er am Nachmittag, bevor der letzte Laden schloss, noch Proviant einkaufen. Morgen, am Sonntag, würde er ja überall vor verschlossenen Türen stehen. Ja, und bevor die Sonne unterging, galt es, eine Übernachtungsmöglichkeit zu finden. Irgendeine Hütte oder einen Schuppen; Hauptsache, er konnte seinen Schlafsack darin ausbreiten.

Er fand dann auch noch einen zweiten Laden, in dem er sich Proviant besorgen und vor dem er rasten konnte. Und kurz bevor die Dämmerung einsetzte, hatte er wieder Glück: Er fuhr an einer offen stehenden, sehr baufälligen Lagerhalle vorüber, stoppte und stieg ab. Zwei bestimmt schon längst nicht mehr funktionstüchtige Traktoren waren darin abgestellt, drum herum vergammelten allerlei andere, wohl kaum noch zu gebrauchende landwirtschaftliche Geräte. Ein Wunder, dass all dieses Zeug noch auf keinem Schrottplatz gelandet war. In einer einigermaßen freien und vom Dach geschützten Ecke, dicht neben seinem Rad, kroch er in den Schlafsack und spürte, wie seine müden Beine sich freuten.

Vor dem Einschlafen dachte er noch an die Eltern: Was für Gesichter Silvia und Eddie wohl gemacht hatten, als sie seinen Zettel fanden? *Komme wieder! Melde mich! Matti.* Mehr hatte er nicht geschrieben. Kein Wort über das Ziel seiner Fahrt. Sie sollten ihm nicht nachgedüst kommen. Ob sie jetzt sehr wütend waren? Sicher würden sie um ihre Norwegen-Reise bangen. In vierzehn Tagen sollte es losgehen, natürlich zu dritt. Flug nach Bergen und danach per Schiff immer an der Küste entlang. Jede Menge Fjorde und Häfen sollten sie zu sehen bekommen …

Er musste ihnen unbedingt schreiben, dass er bis dahin zurück sein würde. Gleich in seiner ersten Mail musste er das tun. Sonst sagten sie die Reise womöglich noch ab. Und das wäre doch wirklich schade …

Er wollte noch länger über alles nachdenken, doch daraus wurde nichts. Ganz plötzlich war er weg, und dann schlief er so tief und fest, dass er nichts, aber auch gar nichts träumte. Was ihm nur ganz selten passierte. Die lange Fahrt und die viele frische Luft, hundemüde hatten sie ihn gemacht.

Tags darauf neue Baumalleen, neue Sonne von vorn, von hinten, von der Seite. Mit jedem Kilometer aber kam er seinem Ziel näher. Seine Aufregung wuchs: Was, wenn es Inkas und seine Ruine längst nicht mehr gab? Wo sollte er dann unterschlüpfen?

Es war schon Nachmittag, da hatte er die Landstraße, die Silvia, Eddie und er vier Jahre zuvor, von der Autobahn kommend, entlanggefahren waren, endlich erreicht. Hier waren die Straßenbäume besonders knorrig und fast alle standen sie etwas schräg; der ewige Wind von der Ostsee her hatte Spuren hinterlassen.

Noch eine Kurve, und nun musste sie kommen, die flache, mit allerlei Gestrüpp zugewucherte Backsteinruine, die Inka und er zu ihrem *Zweitwohnsitz* erklärt hatten …

Ja, und da war sie ja auch schon, inzwischen noch kaputter und noch mehr zugewachsen, als er sie in Erinnerung gehabt hatte. Sonst allerdings hatte sich kaum etwas verändert.

So weit es ging, radelte er heran, stieg ab und lehnte das Rad gegen den wackligen und morschen Holzzaun, der das dicht bewachsene Gelände von der Straße trennte. Danach blickte er sich erst mal neugierig um.

Die Büsche, Bäumchen und Brennnesseln und all der andere wuchernde Wildwuchs, alles war inzwischen so üppig geschossen, dass, wer direkt davorstand, allein das moos- und grasbewachsene Dach der Ruine zu sehen bekam. Die linke Hälfte war ja noch halbwegs heil, rechts war das Dach nun fast völlig heruntergebrochen und so ziegelfrei, dass das nackte, über und über mit weißem Kot bespritzte Gebälk zu sehen war. Wildtauben flogen ein und aus, und unter dem Teil der Regenrinne, den der Wind noch nicht völlig heruntergerissen hatte, klebten gleich mehrere Schwalbennester.

Und rechts und links neben der schräg in den Angeln hängenden Haustür? Da standen sie noch immer, die beiden riesigen Wachsoldaten, die dieses Haus beschützten. Hoheitsvoll, ungebeugt und durch nichts zu erschüttern, so blickten sie auf ihn herab, die beiden mächtigen Linden mit dem so imponierend dichten Blattwerk.

Nur kurz zögerte Matti, dann zwängte er sich durch all den Wildwuchs, um auf die Rückseite des Hauses zu gelangen. Hier begann die Pampa, nichts als eine weite, baumlose Ebene aus Feldern und Wiesen – mittendrin Inkas und sein Amazonas. Wie eine grau glitzernde Blindschleiche schlängelte sich der schmale Bach auf den breiten Waldstreifen zu, der mal ihr Dschungel gewesen war und in dem Inka Unmengen von gefährlichen Tieren vermutet hatte. Darunter auch solche, die es in Südamerika eigentlich gar nicht gab. Aber vielleicht waren die ja aus einem Zoo ausgebrochen … Inka hatte jede Menge Fantasie.

Auch die alte Bank hinterm Haus existierte noch. Verwittert, aber stabil. Nicht weit davon: das Plumpsklo, seit Ewigkeiten von niemandem mehr benutzt und deshalb total zugewachsen und längst keinerlei Geruch mehr ausströmend. Aber dafür von so vielen Käferkolonien beherrscht, dass Inka und er, wenn sie mal mussten, lieber auf die Wiese hinausrannten, um von diesen Monstern nicht gefressen zu werden.

Das flache Seitengebäude gleich dahinter musste der Stall des Hofes gewesen sein. Mehrere ehemalige Schweinekoben befanden sich darin und – gleich gegenüber – sechs in der Wand befestigte, stark verrostete Eisenringe, an denen wohl mal Kühe gezerrt hatten. Schon damals war hier alles zugemüllt gewesen. Abgefahrene Autoreifen, verrostete Fahrradrahmen, morsche Stalltüren, kaputte Dachschindeln und jede Menge Teerpappefetzen lagen da herum. Lauter Plunder, der sicher nur deshalb nicht geklaut worden war, weil niemand etwas damit anzufangen wusste.

Vorsichtig kämpfte Matti sich zwischen den oft mehr als hüfthohen Brennnesselstauden und einigen sehr dornigen Pflanzen weiter ums Haus herum. Die Fenster waren entweder staubblind, zersplittert oder mit Brettern und Pappe vernagelt. Spinnweben überzogen das morsche Holz der Rahmen, in das er mit dem Finger hätte hineinstechen können. An den Hauswänden wuchs jede Menge dichtes Moos. Einiges davon blühte.

Ihm wurde komisch zumute: Was hatte er hier verloren? Was hatte ihn hergetrieben? Nur dieser alberne Wunsch, Inka wiederzusehen?

Und dann stand er wieder neben seinem Rad. Eine sehr warme, fast heiße Nachmittagsluft wehte ihn an, Grillen zirpten, Insekten summten – und es überrieselte ihn kalt. Wie seltsam ging es doch zu auf der Welt. Woanders wurden Kriege geführt und immer wieder neue Terroranschläge verübt, hier war alles so still und friedlich, als gäbe es all das andere gar nicht. Oder als hätte irgendwer den Kalender weggeschmissen und die Uhr angehalten.

Ein schon ziemlich alter Kombi kam die Baumallee entlanggefahren – und wurde langsamer. Neugierig sah der Fahrer zu Matti hin. Fragte er sich, was der fremde Radfahrer vor dieser Ruine zu suchen hatte?

Rasch hob Matti die Hand, um zu grüßen – das wusste er noch, dass in den Dörfern jeder jeden grüßte –, und der Fahrer nickte zurück, als hätte er ihm damit seine Harmlosigkeit bewiesen, und gab wieder Gas.

Eine Weile blickte Matti dem Kombi nach, dann, als er aus seinem Blickfeld verschwunden war, zwängte er sein

Rad mitsamt den schweren, sich oft im Gestrüpp verfangenden Gepäcktaschen, der Isomatte und dem Schlafsack durch all den dicht stehenden Wildwuchs auf die Ruine zu. Egal, was kam, jetzt war er hier und musste erst mal bleiben.

Kindergesicht

Die verwitterte, hölzerne Haustür wurde allein durch die untere Angel noch einigermaßen aufrecht gehalten. Inka und er hatten sich jedes Mal durch den ziemlich engen, schrägen Türspalt drängen müssen; wollte er das jetzt versuchen, würde er sich Jeans und T-Shirt zerreißen und doch nicht hineingelangen.

Mit aller Kraft versuchte Matti, die schwere Tür zu bewegen. Sie legte Protest ein, knarrte laut und mehr als ein paar Zentimeter weit bekam er sie nicht auf. Aber vielleicht konnte er sie ja, größer und kräftiger als damals, anheben und in beide Angeln zurückhängen. Kurz entschlossen packte er die wuchtige Tür links und rechts, pumpte Luft in sich hinein – und tatsächlich, ein, zwei Zentimeter bekam er sie hoch. Er kippte sie in Richtung Bolzen, pumpte wieder Luft und hob sie weiter an, bis auch der untere Bolzen freikam. Gleich darauf ließ er sie sinken, da er sie ohnehin nicht länger hätte halten können, beide Bolzen rasteten ein und – kaum zu glauben! – die Tür hing wieder in ihren Angeln.

Fast hätte er vor Stolz gelacht. Wie hatten Inka und er sich abgemüht und trotz ihrer vereinten Kräfte die Tür keinen einzigen Zentimeter weit anheben können. Vier

Jahre später kehrte der zum Superman gereifte junge Held an den Ort seiner Niederlage zurück – und triumphierte.

Nun musste er sich nur noch ein Fläschchen Öl besorgen, um diese elenden Schmerzensschreie zu ersticken, die die Tür bei jeder Bewegung ausstieß, und alles war im grünen Bereich. Gut gelaunt und ohne Rücksicht auf erneute Schmerzensschreie öffnete Matti die Tür, so weit es ging, um Licht in den dunklen Flur dahinter fallen zu lassen. Ein dumpf-feuchter Geruch nach altem Gemäuer und all den Pflanzen und Kräutern, die in dieser Ruine wuchsen, empfing ihn. Zwei, drei Schritte machte er hinein, dann sah er sich erst mal vorsichtig um.

Riesige, landkartenähnliche Gebilde aus nacktem Mauerwerk zierten die Wände, haufenweise abgebröckelter Putz bedeckte die morschen Holzdielen. In dem türlosen Raum rechts von ihm fehlten die meisten Dielen, an vielen Stellen war nichts als nackter, feuchter Lehmboden zu sehen. Die längst verblasste Tapete hing in Fetzen herab. Gräser, Büsche und sogar eine mehr als mannshohe Birke wuchsen in diesem Raum, über dem damals schon das Dach weggebrochen war; Regen und Sonne hatten ein wahres Treibhaus entstehen lassen.

Inka und er hatten vermutet, dass dieser Raum das Schlafzimmer der Leute, die zuletzt in diesem Haus gewohnt hatten, gewesen sein musste. Auf den wenigen noch vorhandenen, vor Feuchtigkeit fast schwarzen Dielen hatte sich zu jener Zeit ein etwa zwei Betten breites, ein wenig helleres Viereck abgezeichnet. Ein großes, altmodisches Doppelbett könnte dort mal gestanden haben. Jetzt aber war auch dieses Viereck kaum noch zu erkennen, so überwuchert war hier alles.

Der Raum links – das ehemalige Wohnzimmer? – hatte noch seine Tür. Sie war verschimmelt und verquollen und ließ sich schon damals nicht mehr schließen. Vorsichtig stieß Matti sie etwas weiter auf. Hier, vom Dach geschützt, wuchsen keinerlei Pflanzen. Nur ein paar verstaubte Plastiktüten und leere Kartons, ein Paar abgelatschte Schuhe und ein toter Vogel lagen in dem ebenfalls total möbelfreien Raum herum.

Auf jeden Fall aber war das der bessere, sehr viel trockenere Raum. Hier würde er Isomatte und Schlafsack ausbreiten können, er musste nur das bisschen Müll und die Vogelleiche wegschaffen. Die dicke Staubschicht auf dem Fußboden und all die vielen Spinnweben, die die Fenster so blickdicht machten, würden später drankommen. Nachdem er sich in Windeck einen Besen gekauft hatte. Der würde ja wohl nicht gleich ein Vermögen kosten.

Jetzt die Küche. Sie lag ganz am Ende des Flurs, von dem noch mehrere, eher kammerartige, zumeist fenster- oder türlose Räume abgingen, und war riesig.

Ja, und auch hier: alles wie damals. Besonders beeindruckend: An der ehemals grün gestrichenen, längst schimmelbefallenen Wand stand noch immer der mächtige Abwaschtisch mit den beiden großen Schubladen, in denen sich zwei rostzerfressene Schüsseln befanden; ein richtiges Prunkstück mit geschmiedeten, ebenfalls total verrosteten

Eisenbeschlägen und kunstvoll gedrechselten Füßen. Inka und er hatten sich gewundert, dass sich den noch keiner unter den Arm geklemmt hatte, aber na klar, wer brauchte denn heute noch ein solches Monstrum von Abwaschtisch?

Gleich daneben: der große, weiß gekachelte Kohlenherd. Die Reihe blau-weißer Zierkacheln – ein einziges, nur noch zur Hälfte vorhandenes Exemplar kündete davon – war inzwischen fast völlig herausgebrochen worden. So was ließ sich besser zu Geld machen. Der zersprungene, schwarzfleckige Spiegel zwischen den beiden Fenstern aber hatte seinen Platz verteidigt.

Und sonst? Nichts! Auf dem mehr oder weniger fliesenlosen, eher sandigen Fußboden ließen sich drei leere Bierflaschen vom Staub beerdigen, mehrere zusammengeknautschte Zigarettenschachteln, unzählige Zigarettenkippen und – verteilt über den ganzen Raum – immer mal wieder ein paar kleine Knochen spielten die Trauergäste. Aber von wem diese Knochen stammten? Von irgendwelchen in dieser Küche verendeten Vögeln, Mardern, Ratten oder Mäusen?

Nur kurz überlegte Matti, dann trat er vor den Spiegel. Er war nicht eitel, wirklich nicht, seit der Sache mit Jessy aber hatte er sich öfter mal studiert: Wie sah er eigentlich aus? Wie wirkte er auf andere? Vor allem auf Mädchen … Ja, und sah Peer denn so viel besser aus?

Klar, Peer sah gut aus, fast ein bisschen modelmäßig. Aber dafür war er eher klein – nur 'nen Kopf größer als 'n Dackel –, er hingegen, Matti, war groß. Mit fünfzehn schon eins zweiundachtzig. Und hatte er, seit er zum Schwimmtraining ging, nicht richtig breite Schultern bekommen? Eddies Gene, wie Silvia oft sagte. Ja, und warum denn auch nicht? Auf seinen so großen, wahrhaft männlich wirkenden Vater war er ja schon als kleiner Junge stolz gewesen. Blöd war nur, dass er, Matti, noch immer so ein harmlos-freundliches Kindergesicht hatte. Eddie hatte in seinem Alter – die Fotos verrieten es – schon ganz anders ausgesehen. Viel kantiger, breiter Mund, Nussknackerkinn.

Er drehte den Kopf nach links und nach rechts, runzelte die Stirn und versuchte, ein möglichst cooles Gesicht zu machen. Half aber nichts. Babyface blieb Babyface. Nicht mal die viele Sonne, die ihm während der langen Fahrt hierher öfter mal direkt ins Gesicht schien, hatte aus ihm einen Indiana Jones gemacht. Nur eine rote Nase hatte er bekommen.

Okay! Er war kein junger Eddie und kein schwarzlockiger Model-Typ wie Peer, war weder Märchen- noch Mädchenprinz. Aber musste er deshalb auf ein neues Gesicht sparen? Fast ein ganzes Jahr lang war er nun schon mit Jessy zusammen, da musste ihr doch irgendwas an ihm gefallen haben …

Er hatte den Gedanken noch nicht zu Ende gedacht, da kam in seinem Rücken plötzlich etwas auf ihn zugedröhnt. Und das in dem bisher so totenstillen Raum. Er fuhr herum – und zuckte zurück. Eine Kreuzung aus Fliege und *Airbus* musste das sein, ein Riesenvieh, das sich durch ihn gestört fühlte. Er wollte sich diesen Mutanten aus dem Gesicht wedeln, doch kam das Biest immer wieder neu auf ihn zugeflogen. Besser, er ergriff die Flucht.

Mit wenigen schnellen Schritten lief er durch den düsteren Flur hinaus ins Freie, um – kaum in Sicherheit – über sich zu lachen: Was war das denn gewesen? Schiss vor einer Fliege? Oder hatte diese panikartige Flucht allein mit dieser irgendwie an ein Spukhaus erinnernden Ruine zu tun?

Blieb die Pumpe, die er unbedingt noch ausprobieren musste. Rechts vorm Haus stand sie und natürlich war auch sie über und über zugewachsen.

Ob sie noch funktionierte? Inka und er hatten es geschafft, sie wieder in Gang zu bringen. Abwechselnd hatten sie den laut quietschenden und oft sogar empört schreienden Pumpenschwengel betätigt, und nach einer ihnen endlos erscheinenden Zeit und viel Geschimpfe und Gestöhne durften sie jubeln: Anfangs nur ein Rinnsal, sprudelte das Wasser bald immer kräftiger.

Zuerst ein paar mühselige Rodungsarbeiten rund um das gusseiserne Vehikel, dann legte er los. Wasser war wichtig. Hatte er keines, musste er sich Unmengen von Mineralwasserflaschen kaufen. Und zum Waschen müsste er jedes Mal erst ins Dorf fahren, hin zu der alten Kneipe mit dem Billardtisch. Der Wirt dort war es gewesen, der Silvia und Eddie die Ferienwohnung vermietet hatte. Aber bei dem müsste er jeden Tag mindestens eine Cola bestellen, nur um mitsamt seinem Waschzeug mal für ein Weilchen auf der Toilette verschwinden zu dürfen.

Er pumpte und pumpte, und der Schwengel quietschte, dass es bis nach Schweden zu hören sein musste, doch nichts, kein einziger müder Tropfen Wasser rieselte aus der Leitung.

Er überlegte schon, ob er aufgeben sollte, da fiel ihm gerade noch rechtzeitig Inkas Trick ein. Ihr Großvater hatte ihr den verraten. Also hin zum Rad und sich die noch halb volle Flasche Mineralwasser geholt und danach – kräftig weiterpumpend – alles oben ins Pumpwerk gekippt. Und tatsächlich, nicht zu fassen, nach einiger Zeit hörte er ein leises Rülpsen.

Er pumpte noch schneller – und wurde mit einem lang anhaltenden Röhren belohnt. Dann – juhu! – rieselten auch schon die ersten Tropfen herrlich nasses, wenn auch noch ziemlich ekliges, rostrotes Wasser aus der Leitung. Hektisch pumpte er weiter und das Wasser wurde klarer und klarer und sprudelte mit einem Mal aus der Leitung, als hätte er es aus einer jahrelangen, quälend langweiligen Kellergefangenschaft befreit.

Er füllte die leere Flasche und kostete – und wie damals schmeckte es stark nach Eisen. Also weiterpumpen, pumpen und pumpen und die Flasche nach einiger Zeit neu füllen, um noch mal zu kosten. Ja, und nun war da schon viel weniger Eisen zu schlucken.

Er lachte zufrieden: Was wollte er mehr? Alles klappte! Erst die Tür und jetzt funktionierte auch die Pumpe wieder. Wenn das so weiterging, war alles gut.

Zwei von einer Sorte

Es wurde Abend. Die Sonne, erst färbte sie den Amazonas rot, dann verglühte sie im Wald. Matti auf der morschen, ziemlich wackligen Holzbank hinterm Haus hielt sein Smartphone in der Hand. War höchste Zeit, sich bei den Eltern zu melden. Aber *was* sollte er ihnen schreiben?

Liebe Silvia, lieber Eddie, begann er, nachdem er lange hin und her überlegt hatte, *hoffentlich seid ihr nicht allzu sauer. Weiß ja, ist nicht in Ordnung, so klammheimlich zu verschwinden. Ging aber nicht anders. Warum, das werde ich euch noch schreiben. Bin jetzt viel zu müde dazu. Aber macht euch keine Sorgen. Mir geht's bestens. Bin gar nicht so weit weg von euch, hab Schlafsack und Isomatte dabei und ein festes Dach überm Kopf. Deshalb versucht bitte nicht, mich zu finden. Bevor wir nach Norwegen fliegen, bin ich garantiert zurück.*

Und wie sollte er schließen? *Ich drück euch* oder *Ich hab euch lieb*? Beides irgendwie unpassend. Besser nur: *Bis bald, viele Grüße, euer Matti.*

Er schickte die Mail auf die Reise und drückte all die SMS und Mails weg, die ihm die Eltern inzwischen nachgejagt hatten. Einige davon waren richtige Bitte-bittekomm-zurück-Hilferufe, andere voller Unverständnis. *Warum hast du das getan? Sind dir die Ferien zu langweilig geworden?* Auch: *Warum hast du uns das angetan? Welcher Teufel hat dich geritten, uns dermaßen aus deinem Leben auszuklinken?*

Auf der Mailbox nichts anderes. Silvias Stimme, vor Aufregung klang sie ganz schrill. Eddie begriff die Welt nicht mehr.

Ja, ein harter Brocken, den er den Eltern da zu kauen gab. Aber weicher ging's nun mal nicht; diese Auszeit, sie musste einfach sein! Er hatte über so vieles nachzudenken; lauter Fragen, über die er mit den Eltern nie richtig reden konnte. Hauptknackpunkt: Abitur oder nicht? Schon so lange hatte er auf die Schule keine Lust mehr …

Klar, wenn er Bock drauf hätte, würde er das Abi schaffen. Nur: Wozu diese ewige Trockenschwimmerei? Er wollte endlich *ins Wasser*, wollte fighten und sich mit Dingen beschäftigen, die ihn wirklich interessierten. Am liebsten was mit Elektronik. Deshalb wäre es vielleicht – oder richtiger: ganz sicher – das Beste, sich trotz Apfelschröder und all dem anderen Schulstress noch ein Jahr voll reinzuhängen, um einen guten mittleren Abschluss hinzulegen, und nach der Zehnten die Ausbildung zu beginnen. Doch wie sollte er das Silvia und Eddie beibringen? Bisher hatte er es nicht gewagt, sie darauf anzusprechen. Sie wollten ja ganz unbedingt, dass er Abi machte. Alex, Nina, Bobby, Jasmin und Pierre, alle seine Cousins und Cousinen, hatten ein mehr oder weniger tolles Abi hingelegt. Durfte er der Einzige sein, der aus der Reihe tanzte? War er dann nicht der größte Versager aller Zeiten? Matti Marquardt, der Loser der Familie?

Ja, und vor allem: War das wirklich *richtig*? Oder schoss er sich damit selbst ins Bein? Und das ja vielleicht doch nur wegen Apfelschröder?

Das mit der Elektronik, darauf würde er jede Wette eingehen, nahmen Silvia und Eddie garantiert nicht ernst. Nichts als eine vorübergehende Laune, würden sie denken und mal wieder alles auf seine »Pubertätsprobleme« schieben: »Matti, unser lieber Spinner!« Aber durfte er denn länger mit seiner Entscheidung warten? Wenn er wirklich mit der Schule Schluss machen wollte, musste er ab September in die Startlöcher steigen, Bewerbungen schreiben …

Nur noch kurz starrte er sein Smartphone an, dann schickte er es wieder schlafen. Erstens bekam er so die sicher bald hereinflatternden neuesten Notrufe nicht mit, zweitens schonte er den Akku. In dieser Ruine waren ja alle Steckdosen tot; er musste erst mal herausfinden, wo er es aufladen konnte, bevor er ihm Dauerbetrieb zumutete.

Das Grillenkonzert um ihn herum wurde lauter. Diese kleinen Springteufel drehten noch mal so richtig auf, bevor es dunkel wurde. Ansonsten war alles still. Totenstill. Auch die Amsel – bis vor wenigen Minuten hatte sie noch geträllert, als würde sie dafür bezahlt – war irgendwohin verschwunden.

Ihn fröstelte. Und das, obwohl es noch immer eher warm war. War ja schon irgendwie verrückt, das Ganze. Als ob Jessy und Apfelschröder sich wegen seines Verschwindens den Strick nehmen würden. Oder sich Silvia und Eddie nach seiner Heimkehr gleich mit allem einverstanden erklärten. Jetzt sorgten sie sich, aber danach? Danach würden sie garantiert dieselben bleiben: die ehrgeizige Silvia, für die ihr Reisebüro das Wichtigste war und Eddie und er höchstens das Zweitwichtigste; und der Feierabend-Eddie, der gute Kumpel seiner Kumpels, der den Frust über seine Chefs beim »Altherrenfußball« abreagierte, wie er selber über sich spottete. Nie waren die Eltern bisher auf die Idee gekommen, er hätte einen Grund, mit irgendetwas in seinem Leben nicht zufrieden zu sein, ganz egal, was er ihnen erzählte oder mit welchem Gesicht er herumlief. Sie nahmen ihn einfach nicht ernst. Würde diese *Auszeit* irgendetwas daran ändern, das länger als drei Tage dauerte?

Außerdem: Wie sollten Silvia und Eddie ihn *danach* denn auch besser verstehen können? So ganz verstand er sich ja selbst nicht. Was erwartete er denn von dieser Auszeit? Die große Erleuchtung? Das Super-Aha-Erlebnis? Den völlig neuen Matti, der plötzlich alles richtig machte? – Ja, und was erhoffte er sich von Inka? Etwa, dass sie all die Jahre über nichts anderes getan hatte, als am Fenster zu sitzen und nach ihm Ausschau zu halten?

»Kommst du mal wieder her?«, hatte sie ihn gefragt, als sie sich am letzten Tag voneinander verabschiedeten. »Ganz bestimmt!«, hatte er damals nur murmeln können, weil er sonst garantiert zu heulen angefangen hätte. Er war sich ja sicher gewesen, dass das nie der Fall sein würde. Wann hatten die Eltern denn schon zweimal am selben Ort Ferien gemacht?

Und jetzt? Hatte Inkas traurige Frage denn noch irgendeine Bedeutung? Da hatten zwei Kinder mal ein paar Tage lang zusammen gespielt, mehr war nicht gewesen. Durfte er da so einfach wieder auftauchen wie der Märchenprinz, der nach jahrelanger Suche endlich seine Prinzessin wiedergefunden hatte? – Er war wirklich ein Spinner, Spezialfach: ganz und gar unmögliche Sachen.

Aber so war es ja immer schon gewesen. Als Achtjähriger, er hatte gerade erst schreiben gelernt, schickte er sich mal selbst ein Geburtstagspäckchen: drei bunte Kampfroboter, die aussahen, als stammten sie aus Filmen, in die er noch nicht reindurfte. Silvia und Eddie hatten ihm diesen Wunsch nicht erfüllen wollen. »Kriegsspielzeug«? So was kam ihnen nicht ins Haus. Er hatte gequengelt und gemotzt und sich diesen Wunsch aus Trotz am Ende selbst erfüllt. Vom eisern zusammengesparten Taschengeld. Der Witz an der Sache: Er hatte die drei Roboter nicht einfach heimlich zu seinem Spielzeug getan, sondern sie sich, um den Eltern eins auszuwischen, mit der Post geschickt. Silvia musste das Päckchen in der Filiale abholen … Ja, und was hatten Eddie und sie da für Augen gemacht, wie hatten sie über diese *Selbstbeschenkung* gestaunt!

Später, da war er schon elf, hatte er sich von Paul, einem Neuntklässler, mal alle Mathe-Aufgaben beibringen lassen, die in der Woche darauf durchgenommen werden sollten. Der Grund für diese total stressige Aktion: Er wollte dem Jansen, ihrem damaligen Mathe-Lehrer, der alles im Schnellverfahren durchnahm, mal so richtig den Stinkefinger zeigen. Klappte dann ja auch bestens. Erst sorgte er in der Klasse für so viel Unruhe, dass der Jansen ihn an die Tafel rief, um den anderen vorzuführen, wie schlecht einer aussah, der seinem Unterricht nicht folgte, dann führte *er* den Jansen vor. Mit gespielt ängstlicher Miene nahm er die Kreide in die Hand – und dann löste er die Aufgaben mit einer solch schlafwandlerischen Sicherheit, dass dem Jansen der Unterkiefer bis ans Knie runterklappte und die Klasse sich vor Kichern nicht mehr einbekam.

Und so war es weitergegangen. Immer wieder hatte er irgendwelche verrückte Ideen gehabt und sie ohne große Bedenken in die Tat umgesetzt. Aber was er diesmal getan hatte – hier einfach aufzukreuzen, und das nach vier Jahren –, war das nicht ein bisschen zu verrückt? Er musste für Inka doch längst irgendein Fremder sein …

Schwalben jagten durch die Luft. Ganz plötzlich waren sie aufgetaucht und mit der Zeit immer mehr geworden. Das waren die aus den Nestern unter der Dachrinne. Einige waren noch sehr jung, flatterten eher unsicher hin und her. Doch hatten sie keine Wahl: Wollten sie nicht verhungern, mussten sie sich ihr Abendbrot von jetzt an selbst erjagen.

Ein Gedanke, der ihn an den eigenen Hunger erinnerte. Er kramte die letzten Brot- und Wurstreste aus seinen Gepäcktaschen und nahm sich vor, gleich morgen früh ins Dorf zu fahren, um Frischfutter einzukaufen. Es gab da ja diesen Laden, der von der Butter bis zum Rasenmäher und von der Wurst bis zum Geschirrspülmittel alles führte.

Einigermaßen satt legte er sich in den Schlafsack. Draußen dunkelte es bereits. Doch würde er so einfach einschlafen können, in dieser ersten Nacht allein in dem düsteren, stillen Raum, der in früheren Zeiten sicher mal sehr belebt gewesen war? Wer an Gespenster glaubte, der hörte sie jetzt vielleicht rumoren.

Er musste an die Vogelleiche denken, die er, bevor er sich hinlegte, vor der Ruine begraben hatte. Dabei war ihm traurig zumute gewesen. Vielleicht, weil das Gefieder noch so richtig schön geglänzt hatte ...

Er versuchte, an etwas anderes zu denken. An was Heiteres. Aber wie sollte das denn klappen in dieser fast übernatürlichen Stille, die ihn umgab, und in dieser ganz und gar undurchdringlichen, samtschwarzen Finsternis?

Fehlte ihm das Licht der Laternen vor dem Fenster, an das er gewöhnt war? Oder war es das Ausbleiben der Stadtgeräusche, das Quietschen der Reifen, wenn schnelle Autos an der Ampel halten mussten, oder das vorbeihuschende Dröhnen laut gestellter Autoradios?

Wieder bemühte er sich, auf andere Gedanken zu kommen: Inka! Falls sie sich wirklich nicht mehr an ihn erinnerte, musste er ihr das Foto zeigen, das Eddie von ihnen gemacht hatte. Vor dem Gartenzaun ihrer Großeltern war das gewesen. Zwei nach der Heimkehr von ihren Abenteuern völlig verschwitzte und verdreckte Urwaldkinder waren darauf zu sehen: Inka in einem blauen, ärmellosen T-Shirt über der kurzen, viel zu weiten Cargohose, er in grüner Turnhose und mit stolzgeschwellter, sonnenverbrannter Indianerbrust ...

Beine und Arme wie Streichhölzer hatte Inka auf diesem Foto, grinste aber so übermütig, als hätte sie in ihren mit allem möglichen Zeug voll gestopften Hosentaschen ein ganzes Diamantenbergwerk heimgetragen. Dagegen machte er ein eher strenges Gesicht; so, als müsste er sie vor dem Fotografen in Schutz nehmen.

Wie sie sich kennengelernt hatten! Gleich nachdem die Eltern und er ihren Ferienbungalow in Beschlag genommen hatten, war das gewesen. Schlecht gelaunt hatte er in dem nicht gerade gemütlich eingerichteten Flachbau auf dem Fensterbrett gesessen und mit zusammengekniffenen Augen das mickrige Dorf fixiert, in dem er sich, wie er schon wusste, sicher furchtbar langweilen würde. Silvia und Eddie trällerten beim Auspacken vor sich hin. Die »herrliche Ruhe« und die »wahnsinnig gute Luft« begeisterten sie. Kaum Sightseeing-Touren sollte es diesmal geben, nur ein paar Fahrradausflüge zum Schwimmen an den nächstgelegenen See und den einen oder anderen Tagesausflug an die Ostsee. »Wir müssen mal wieder so richtig zu uns kommen und Kraft tanken«, so ihre ständige Entschuldigung für die geplante Trostlosigkeit. Und sie hatten Glück, denn da tauchte schon am ersten Tag dieses unternehmungslustige Nachbarmädchen auf, das ihnen allen Stress mit dem »maulenden« Sohn ganz einfach abnahm.

Kurze, braune Haare, freche Augen, die ewige Cargohose, in der ein ganzer Werkzeugkasten Platz fand, so hatte Inka mit einem Mal vor ihm gestanden. Leise wie eine Katze musste sie über den Zaun gestiegen sein und sich an ihn herangeschlichen haben, weil er sie zuvor gar nicht bemerkt hatte.

»Wie heißt du?« Das war ihre erste, neugierige Frage.

»Matti«, seine mürrische Auskunft.

»Ich heiße Inka.« Sie strahlte ihn an, als müsste er vor Begeisterung über einen so besonderen Namen allen Halt verlieren und aus dem Fenster fallen.

»Mir doch egal!«, murrte er weiter. Er wollte in diesem Kaff keine Freundschaften schließen. Am besten, sie verschwand gleich wieder.

Sie ging aber nicht, betrachtete ihn nur stumm, als könne sie beim besten Willen nicht begreifen, wie einer ihr – ausgerechnet ihr! – so unfreundlich antworten konnte. Dann die nächste Frage: »Bleibst du lange?«

»Ja.« Er tat, als wollte er ausspucken. »Viel zu lange.«

»Bis nach den Ferien?«

Langweilte die sich? Vielleicht, weil alle anderen Windecker Kinder, wenn es hier überhaupt welche gab, verreist waren? Er: »Quatsch! Nur zwei Wochen. Aber das *ist* zu lange. Hier ist doch jeder Tag einer zu viel.«

»Wieso denn?«, fragte sie daraufhin ganz verwundert. »Ich wohne schon seit fast immer hier und *mir* gefällt's.«

Ja, und da schlug er zu. »Genau so siehste aus«, sagte er und lachte böse.

Ein echter Kinnhaken, nichts anderes. Doch ging sie immer noch nicht, sah ihn nur weiter so verwundert an. »Und du?«, fragte sie dann. »Wo kommst du überhaupt her?«

Er, wegwerfend: »Aus Berlin.« Das musste in diesem Dorf ja wie »Aus New York« klingen.

»Aus Berlin?« Jetzt musste sie lachen. »Aus dieser Stinkestadt? Da möcht ich nicht begraben sein.«

Sollte das ein Witz sein? »Warste denn überhaupt schon mal da?«

»Nee. Wozu denn?« Sie schnippte irgendwas von ihrem T-Shirt. »Kenn's ja aus 'm Fernsehen. Nur Straßen, Häuser, Autos und Gestank. Da kriegt man ja gar keine Luft.«

Damit war er ihr in die Falle getappt. Im Nu war er aus dem Fenster gesprungen, um sich in voller Größe vor ihr aufzubauen. »Du hast ja gar keine Ahnung. Von wegen nur Straßen, Häuser, Autos und Gestank ... Jede Menge Seen und Wald und Kinos und Geschäfte und Kaufhäuser gibt's bei uns. Und hier? Nichts als Kuhscheiße und Hühnerdreck und Langeweile.«

»Na, und wenn schon!« Sie wusste längst, dass sie gewonnen hatte. »Dafür wohnen wir in 'nem Haus mit Garten und nicht in so 'nem Vogelkäfig im siebten oder achten Stock ... Und langweilig ist's hier überhaupt nicht, und die Ostsee ist nicht weit und Wälder und Seen haben wir auch. Bestimmt sogar viel mehr als ihr! Aber vor allem« – und jetzt leuchteten ihre Augen auf, als wäre ihr gerade in diesem Moment eine ganz wunderbare Idee gekommen – »haben wir etwas, das es in Berlin ganz bestimmt nicht gibt.«

»Und was soll das sein?«

»Weiß nicht, ob ich dir das verraten soll.« Abschätzend sah sie ihn an, und dann wiegte sie den Kopf, als sei das, was ihr da eben eingefallen war, viel zu großartig, um es so einfach auszuplaudern. Und als sie dann doch endlich wieder den Mund aufmachte, wollte sie erst mal nur wissen, ob er sein Rad dabeihatte.

Blöderweise besaß er zu dieser Zeit noch gar kein Rad; aus Angst davor, ihn an den Berliner Verkehr zu verlieren, hatte Silvia ihm noch keines erlaubt. »Zu diesem Bungalow gehören Räder«, wich er aus. Er hatte sie gesehen, vier Stück, nicht gerade die neuesten Modelle, aber brauchbar. In dem kleinen Schuppen an der Rückseite des Hauses, in dem auch die Gartengeräte standen, dämmerten sie vor sich hin.

»Na, dann schnapp dir eins und du wirst staunen.«

Was blieb ihm da anderes übrig? Wenigstens passierte mal irgendwas. Zwei, drei Sekunden zögerte er noch, dann rannte er los, um Silvia und Eddie, die noch immer mit dem Auspacken und Einrichten und »so richtig zu sich kommen« beschäftigt waren, Bescheid zu sagen. Natürlich freuten sie sich, dass er nach so kurzer Zeit schon »eine *Freundin*« gefunden hatte, und dafür hätte er sie in diesem Augenblick am liebsten gewürgt. Aber dann radelten Inka und er schon los und er erlebte sein erstes *Südamerika*-Abenteuer …

So fing es an, so ging es weiter. Fast jeden Tag fuhren sie nun hierher, werkelten am Haus herum, streiften durch die Wiesen und über die Felder, schlichen durch den Wald oder saßen am Lagerfeuer und träumten sich fort. Und Silvia und Eddie hatten bis zum Schluss keine Ahnung, wo sie sich herumtrieben. Sie beglückwünschten sich wohl nur dreimal am Tag dafür, dass dieses Dorfmädchen ihren Matti so sehr beschäftigte, dass sie in aller Ruhe relaxen konnten. Zwei von einer Sorte, so nannte der Vater Inka und ihn bald …

Inka und er schufteten auf ihrem *Zweitwohnsitz*, als sollte er das wirklich werden. Allen Wildwuchs rissen sie aus oder bekämpften ihn mit der Heckenschere, die Inka sich heimlich von ihren Großeltern ausgeliehen hatte; sogar Gemüsebeete legten sie an. Und saßen sie danach an ihrem Lagerfeuer, gab Inka streng darauf acht, dass es nicht qualmte. Damit sie nicht entdeckt wurden. Dieses von keinen Eltern oder Großeltern erahnte Abenteuerleben sollte ihr großes Geheimnis bleiben.

Einmal aber erlebten sie ein wirkliches Abenteuer. Da hockten sie während eines Gewitters in einer Bodenmulde, weil Inka wusste, dass Blitze am liebsten in frei stehende Häuser, Bäume oder in über die Felder laufende Menschen einschlugen. Der Regen prasselte auf sie nieder und die Mulde wurde immer mehr zum See, sie beide jedoch hielten aus. Kopf eingezogen, Arme an die Brust gelegt und ohne mit den Knien den Boden zu berühren – alles nach Inkas Anweisung –, warteten sie auf das Ende des Unwetters. Bald taten ihnen die Beine weh, und vor Feuchtigkeit und Kälte zitternd sahen sie zu, wie der Sturm die beiden Linden schüttelte, während Inka die Sekunden zählte, die zwischen Blitz und Donner vergingen.

Er wäre ja lieber ins Dorf zurückgefahren, aber das lehnte sie ab: Auf dem Fahrrad wären sie ja noch gefährdeter als auf einem Feld oder unter einem Baum. Irgendwann war das Gewitter dann vorübergezogen, und erleichtert, aber völlig durchnässt radelten sie ins Dorf zurück.

Natürlich machten Eddie und Silvia ihm die allerschlimmsten Vorwürfe. Schon beim ersten Gewittergrollen hätte er zu ihnen zurückkehren müssen. Zumal sie ja auch gar nicht gewusst hatten, wo Inka und er sich herumtrieben. Doch hätte er ihnen Inkas Geheimnis verraten dürfen? Wortreich schwindelte er ihnen irgendwas vom Fröschefangen im Dorfteich vor. Dort befand sich die Bushaltestelle, unter deren Dach hätten Inka und er sich geflüchtet. Aber wieso er dann so nass und schmutzig war? Ob sie den Fröschen etwa nachgeschwommen wären? Nein, aber einmal sei er ausgerutscht und hingefallen, direkt in eine Pfütze …

Ein Tag, den er ganz gewiss nie vergessen würde. Wie auch jenen Tag nicht, an dem Inka so seltsam still und in sich gekehrt war, dass er wissen wollte, ob sie irgendeinen Ärger gehabt hatte. Es war am Lagerfeuer und zuerst schüttelte sie nur den Kopf. Dann aber, ganz plötzlich, verriet sie ihm, dass ihre Mutter an diesem Tag Geburtstag gehabt hätte. So erfuhr er, dass Inka schon lange keine Mutter mehr hatte, und ganz erschrocken fragte er sie noch ein bisschen weiter aus.

Ihre Mutter, so erzählte Inka, sei als ganz junges Mädchen von Windeck nach Hannover gezogen, um dort eine Ausbildung zur Optikerin zu machen. Allein in der fremden Stadt habe sie sich dann in einen Lehrer von der Berufsschule verliebt, und so sei dieser Mann, der schon lange mit einer anderen verheiratet und Vater von drei Kindern war, auch ihr Vater geworden. Doch hätte er sich nicht von seiner Familie trennen wollen, und so habe sie nicht nur ihre Mutter, sondern auch ihren Vater nie richtig kennengelernt.

Keine schöne Geschichte, noch mehr aber erschreckte ihn, dass Inkas Mutter – Inka war erst ein paar Monate alt – einem Unfall zum Opfer gefallen war. Ein betrunkener Autofahrer war mit seinem Wagen über den Bürgersteig gerast; Inka, im Kinderwagen, war nicht viel passiert, ihre Mutter jedoch war nicht mehr zu retten gewesen.

Ihre Windecker Großeltern hatten Inka dann aufgenommen; ihr Vater kam immer nur zu Besuch. Aber auch das nicht oft. Deshalb war er ihr fremd geblieben, und es wäre ihr lieber gewesen, wenn er überhaupt nicht mehr gekommen wäre und auch seine Geschenke behalten hätte, ganz egal wie teuer die waren. Ihre Mutter liebte sie dafür umso mehr. Überall im Haus ihrer Großeltern hingen Fotos von ihr, noch am Abend dieses Tages durfte er sie sehen: Eine lachende, junge Frau, die aussah, als hätte sie alles Glück der Welt für sich gepachtet.

Doch wie sehr Inka wirklich an ihrer Mutter hing, das sollte er erst zwei Tage später erfahren. Da war er zu ihr gelaufen, um sie zu fragen, ob sie noch ein bisschen Mau-Mau spielen wollten. Inka hatte aber keinen Bock auf die Karten, die er, um sie zu locken, schon eifrig mischte. Sie strickte an einem Handschuh und wollte die Arbeit daran nicht unterbrechen.

»Für wen ist denn der?«, wollte er wissen. Eine Inka, die strickte? Das war so untypisch wie ein Eichhörnchen, das Eier legte.

Ihre Antwort: »Für meine Mutter.«

»Für wen?« Er glaubte, sich verhört zu haben.

»Na, für meine Mutter!«

»Ich denke, die ist tot?« Hatte sie ihm Mist erzählt, lebte ihre Mutter etwa doch noch?

»Ist sie ja auch.« Sie sagte das sehr streng und machte ein Gesicht, als wollte sie jeden Augenblick losheulen.

Lange starrte er sie nur verdutzt an, dann begriff er: Sicher war es gar nicht so leicht, damit fertig zu werden, die eigene Mutter nie kennengelernt und auch keinen wirklichen Vater zu haben …

Da! Was war das? Ein Schrei wie von einer Frauenstimme. Matti fuhr hoch und lauschte.

Der Schrei wiederholte sich – und, nein, das war wohl doch keine Frau, die da schrie, sondern nur irgendein Nachtvogel auf der Jagd. An Schlaf jedoch war nun erst recht nicht mehr zu denken; er war so hellwach, er hätte Gewichte stemmen können. Und das, obwohl er noch keine einzige Sekunde geschlafen hatte. Nach kurzem Zögern griff er nach der Taschenlampe, die er gleich neben den Schlafsack gelegt hatte, und ließ einen Lichtstrahl durch den Raum huschen. Anheimelnder wurde er dadurch nicht; im Gegenteil, jetzt wirkte diese Finsternis noch gespenstischer, noch unheimlicher.

Kurz entschlossen schälte er sich aus dem Schlafsack, betrat den Flur und leuchtete auch den anderen Raum ab. Was hier aber gar nicht nötig gewesen wäre, so stark schien der Mond durch das schadhafte Dach. Die Spinnweben an den Fenstern glänzten im Lichtstrahl silbern.

Ob es hier, wo es so viel heller war, nicht doch irgendeine Schlafecke für ihn gab?

Nein! Jedenfalls nicht in dieser Nacht. Regelrechte Waldarbeiten würde es erfordern, um Platz für die Isomatte und den Schlafsack zu schaffen.

Mit der Taschenlampe den Weg ausleuchtend, trat er vor die Tür.

Auch hier: alles still. Kein Schrei mehr, kein anderes lautes Geräusch. Nur dieser grelle Mond, der auf die Wiesen und Felder herabstrahlte, als hätte ihn irgendwer als Beleuchter engagiert.

Wozu noch länger überlegen? Hier draußen war es warm und hell und auf jeden Fall viel anheimelnder als in dem finsteren Raum, dem er entflohen war. Er lief zurück, holte Schlafsack und Isomatte und breitete beides dicht vor der Eingangstür aus. Dort, im Mondschatten, lag er dann und sah zum blitzblank geputzten Sternenhimmel hoch. – Aber was war das? Täuschte er sich? Einige der Sterne blinkten, andere zitterten. Und der Mond schien zu grinsen.

Oder träumte er das nur?

Hadscha Krey

Vogelgezwitscher weckte ihn. Ein Schwarm Stare teilte sich die beiden Linden. Lauthals feierten die unzähligen Vögel die Morgensonne.

Nur kurz sah Matti zu ihnen hoch, dann schloss er wieder die Augen. Die Nacht, die hinter ihm lag, war die reinste Hölle gewesen. Zwar war er – unter den Sternen – tatsächlich bald eingeschlafen, aber alle paar Stunden wieder aufgewacht, weil wirre Träume ihn quälten. Mal radelte er voller Verzweiflung eine schnurgerade, stark sonnenbeschienene Landstraße entlang, die kein Ende nehmen wollte, mal saß er auf dem Dach der Ruine und wagte sich nicht hinunter, weil irgendwelche brutalfinsteren Typen sich in den Räumen eingenistet hatten. Später glaubte er, erneut diesen *Frauenschrei* gehört zu haben, und dann knabberte irgendein Nagetier nicht weit von ihm so laut an einer Pflanze oder Wurzel herum, als wollte es ganze Wälder wegfressen. Und als er die Taschenlampe einschaltete, um es zu verscheuchen, lockte er damit Unmengen große und kleine Nachtfalter an, die ihn umschwirrten, als gäbe es an ihm was zu naschen.

Es stand fest, er würde doch lieber wieder ins Haus ziehen. Aber diesmal in den anderen Raum, den mit dem schadhaften Dach. Also wartete Arbeit auf ihn, denn dazu musste er ihn erst mal von dem Treibhaus-Dschungel befreien. Großer Vorteil: Selbst in den wolkigsten Nächten würde es darin nie so finster sein wie in dem besser geschützten Raum und hoffentlich nicht ganz so munter zugehen wie vor der Tür.

Kaum hatte er diesen Entschluss gefasst, richtete er sich auf und ließ den Blick schweifen. – Was für ein schöner Tag! Eine so strahlende Sonne lag über den Wiesen und Feldern, blauer konnte der Himmel gar nicht sein. Dazu dieses laute Gesumme in den beiden Linden, jetzt, da die Stare mit lautem Flügelrauschen weitergeflogen waren; ganze Insektenvölker mussten darin nisten.

Zum Pinkeln marschierte er auf die Wiesen hinaus, um sich hinter einen Busch zu stellen – und musste über sich lachen: Wie blöd von ihm! Wer sollte ihn hier denn sehen?

Waschen wollte er sich an der Pumpe, doch dann überlegte er es sich anders: Wozu erst lange den Schwengel betätigen, wenn in der Nähe ein so klarer Bach floss? Irgendwie hatte der ihn ja einladend angelächelt, als er hinter dem Busch stand.

In Unterhose und mit seinen Waschutensilien in den Händen lief er hin, tauchte erst mal nur die Füße hinein und freute sich: Der war ja gar nicht so flach, wie er ihn in Erinnerung hatte. Bis an die Oberschenkel ging ihm das Wasser, und es glitzerte so klar, dass die Steine und Pflänzchen auf dem Grund in HD-Qualität zu ihm hoch schielten.

Im Nu zog er sich ganz aus, und dann atmete er tief ein und legte sich der Länge nach hinein in dieses ihm im ersten Augenblick eiskalt erscheinende, quirlige Nass. Er machte ein paar Schwimmbewegungen, um warm zu werden, und dann musste er über sich lachen: Was wollte er mehr? Sogar einen eigenen Whirlpool besaß er!

Keine halbe Stunde später radelte er in Richtung Dorf. Den Weg kannte er noch. Unmöglich, den zu verfehlen: erst die Felder, dann der hohe Wald, der die Straße mit Sonnen- und Schattenflecken besprenkelte, danach mehrere Wiesen mit weidenden Kühen, die ihm friedlich nachglotzten. Gleich dahinter die Weide mit den Bullen, die ganz anders reagierten: Kaum hatten sie ihn erspäht, brüllten sie auch schon los.

Alles wie damals. Oft hatten Inka und er die mächtigen Tiere noch zusätzlich gereizt. Mit lauten Schmährufen. Bestand ja keine Gefahr; selbst wenn diese Riesenviecher es geschafft hätten, den Graben, der sie von der Straße trennte, zu überspringen – auf ihren Rädern waren sie uneinholbar.

Den Schlafsack, die Isomatte und all das andere, das er nicht spazieren fahren wollte, hatte er im überdachten Teil der Ruine versteckt. Vielleicht war er ja nicht der einzige Spinner, der sich in dieser Ruine einquartieren wollte. Oder Kinder wie damals Inka und er gingen dort auf Abenteuer aus. Wie würden die sich freuen, einen solchen »Schatz« zu finden!

Glockengeläut riss ihn aus seinen Gedanken. Das musste Windeck sein. So klein das Dorf war, eine Kirche besaß es. Aber wieso läuteten die Glocken denn gerade jetzt? Eine Hochzeit? Eine Kindtaufe? Oder – er musste grinsen – das Begrüßungsgeläut, um seine Wiederkehr zu feiern? Salut für Matti!

Das Ortsschild: *Windeck*. Schwarz auf gelbem Grund wie alle Ortsschilder. Nur: Warum dieses Dorf wohl so hieß? Vielleicht, weil hier, von der Ostsee kommend, öfter mal ein ganz besonders heftiger Wind pfiff? *Windige Ecke*, so ganz und gar unpassend war das nicht.

Langsam radelte er an den ersten Höfen vorüber. Mal waren sie von niedrigen Feldsteinmauern, mal von sehr ausbesserungswürdigen Holzzäunen umsäumt. Dahinter immer wieder eher grau wirkende Häuser, jede Menge alte Scheunen oder Schuppen und die unterschiedlichsten Obstbäume. Hühner, Enten und Gänse bekam er zu sehen, blökende Schafe und Hunde, die ihren Job ernst nahmen und wie wild kläfften, wenn er an ihnen vorüberfuhr.

Ein komisches Gefühl wehte ihn an: Matti Marquardt auf den Spuren der Vergangenheit! Und die Eltern ahnten nichts davon. Eddie saß um diese Zeit, trotz aller Sorgen um den bescheuerten Sohn, sicher längst hinter seinem Schreibtisch bei *Nortwig & Co.*, der »Weltfirma« für Fahrradschlösser, und Silvia pries vielleicht gerade wieder einem zögernd-unentschlossenen Kunden die allerinteressanteste Fernreise an: Hongkong? Rio de Janeiro? Oder doch lieber zu den Löwen Südafrikas? Das Reisebüro *Traumziele* erfüllte alle Wünsche. Und wer konnte das besser als die immer so geduldige, superfreundliche Frau Marquardt?

Jetzt musste gleich die Kirche kommen. Und danach das alte Fachwerkhaus mit dem kleinen Einkaufsladen, in dem es alles gab, was man so brauchte, wenn man in einem Dorf wohnte und nicht wegen jedem Klacks in die nächste Stadt fahren wollte.

Wieder kräftiger in die Pedalen tretend, radelte er an mehreren Häusern vorüber, die kein Hof umgab; niedrige, ebenfalls graue oder backsteinerne Bauten, deren gardinenverhangene Fenster gelangweilt in die Gegend stierten. Ein Anblick, der an ein von seinen Bewohnern verlassenes Westernkaff erinnerte. Fehlte nur das entwurzelte Buschwerk, das durch die Straßen trieb. Aber war das vor vier Jahren auch schon so? Oder hatte er nur nie richtig hingeschaut?

Noch eine Kurve links, eine rechts, und da lag er schon, der für diesen Ort eigentlich viel zu große Dorfplatz mit der alten Feldsteinkirche. Ja, und jetzt wusste Matti auch, weshalb geläutet worden war: Ein Sarg wurde aus der Kirche getragen. Mehrere dunkel gekleidete, zumeist ältere Männer und Frauen folgten ihm auf dem Weg zum Friedhof, der gleich hinter der Kirche lag.

Scheiße! Keine schöne Begrüßung, so eine Beerdigungsgesellschaft. Hätte er das doch nur vorher gewusst! Dann wäre er eine Stunde später losgefahren. Respektvoll umkurvte er den Trauerzug – und erlebte ein paar Meter weiter die nächste Enttäuschung: Den kleinen Landladen gab es nicht mehr. Die Fenster waren mit Papier zugeklebt, an der Tür grinste ihn ein bereits sehr vergilbter Zettel an: *Geschlossen.*

Eine Querstraße weiter – wieder Pech: Auch die kleine Kneipe, in der die Eltern öfters eingekehrt waren, weil sie sie so urig fanden – *Luv und Lee* hatte sie geheißen –, existierte nicht mehr. Die Fenster über und über verstaubt, rund um die Theke alles leer. Kein Tisch, kein Stuhl war mehr zu sehen und auch die Schiffsmodelle und nostalgischen Seefahrtsfotos an den Wänden waren verschwunden.

Damit hatte er nun wirklich nicht gerechnet. Ein lustloser Schlenker nach links, einer nach rechts und schon stoppte er vor einem weißen Bungalow. Den hatten Silvia und Eddie damals gemietet. Jetzt schien er unbewohnt zu sein. Die grün gestrichenen, hölzernen Fensterläden waren verriegelt und verrammelt, obwohl das Drumherum eher gepflegt aussah. Die Wiese war gemäht, jeder einzelne Busch sorgfältig gestutzt. Und auch der Zaun musste gerade erst neu gestrichen worden sein, ebenfalls in Weiß.

Matti spürte, wie ihm kalt wurde. Idiot, schimpfte er sich. Wozu war er hergekommen? Was hatte er sich da nur eingeredet? Klammen Herzens radelte er zehn Meter weiter – hin zu dem Haus, in dem Inka und ihre Großeltern gewohnt hatten. Vielleicht war ja auch dort längst alles dicht.

Doch nein, hier sah alles noch genauso aus, wie er es in Erinnerung hatte: ein flaches, schon älteres, aber sehr sauber wirkendes, ockerfarben angestrichenes Haus mit rötlich-braunen Fensterläden. Im Garten streng abgezirkelte Gemüsebeete und mehrere trächtige Obstbäume.

Also wohnten Inkas Großeltern noch hier? Er stieg ab, schob sein Rad näher an die Gartentür – und durfte sich freuen: Am Briefkasten stand noch immer der Name *Wendt*.

Ob er mal klingelte? Er streckte schon die Hand aus – und zog sie wieder zurück. Was sollte er denn sagen, falls Inkas Großmutter oder ihr Großvater öffnete? Bestimmt erinnerten sie sich ja gar nicht mehr an ihn. Ja, und auch wenn Inka öffnete: Womit sollte er sein plötzliches Auftauchen begründen? Dass sie als Kinder mal ein paar Tage lang zusammen gespielt hatten, war das eine ausreichende Begründung für einen so überfallartigen Besuch?

Einerseits nein, andererseits: Warum denn nicht? Zufällig, ganz zufällig war er hier vorbeigekommen, und da wollte er mal kurz Guten Tag sagen, weil er doch so schöne Erinnerungen an Windeck hatte … Falls Inka oder ihre Großeltern blöde Gesichter machten, würde er eben gleich weiterfahren.

Wieder streckte er die Hand aus und diesmal zog er sie nicht zurück. Und dann schrillte es so laut, dass es bis weit auf die Straße hinaus zu hören war. Die Tür zum Haus aber öffnete sich nicht.

Er klingelte noch mal, doch weder im Garten noch im Haus rührte sich was. Aber, na klar, vielleicht waren Inka und ihre Großeltern ja auf dieser Beerdigung – so genau hatte er sich die Trauergesellschaft gar nicht angeschaut.

Er blickte sich um und zögerte: Sollte er mal kurz in Inkas Fenster spähen, um zu sehen, ob sie wirklich noch bei ihren Großeltern wohnte? Vorsichtig drückte er die Klinke der Gartentür herunter – sie war nicht abgeschlossen. Das war sie auch damals nie gewesen. Noch ein Rundumblick, dann schob er die Tür auf und lief auf das Haus zu. War ja klar: Wenn ihn jemand sah, dachte dieser Jemand garantiert, er wolle hier einbrechen. So eine Beerdigung, an der das ganze Dorf teilnahm, war ja eine günstige Gelegenheit.

Vor dem zweiten Fenster von links, dem ohne Gardinen, stellte er sich auf die Zehenspitzen und spähte hinein. Ein Bett war zu sehen, doch waren Matratze und Federbett nicht bezogen. Auf dem ziemlich altmodischen, schon sehr nachgedunkelten Tisch stand ein voll getropfter Kerzenhalter mit weit heruntergebrannter Kerze, in den hellen *Ikea*-Regalen dösten ein paar Bücher vor sich hin. Der dazu passende Schrank war geschlossen, und auch sonst war nicht viel zu sehen. Inkas Zimmer sah aus, als wohnte sie schon lange nicht mehr hier, würde aber vielleicht irgendwann mal wiederkommen.

Und? Was nun? Überwog das Gefühl der Hoffnung oder das der Enttäuschung? Unentschlossen, wie ihm zumute sein sollte, lief Matti zur Straße zurück, klinkte sorgfältig die Gartentür zu und bestieg sein Rad, um in den nächsten Ort zu fahren. Er hatte Hunger, riesengroßen Hunger. Egal ob enttäuscht oder nicht, er brauchte was zu futtern.

Kaum war er fünf Meter weit gefahren, trat urplötzlich ein alter Mann vor ihn hin. Pfeife im Mund, jeansfarbene Basecap auf dem langen, weißen Haar. Mit hochgezogenen, dichten, ebenfalls schneeweißen Augenbrauen sah er ihn an, sagte aber nichts, paffte nur ein paar kringelige Wölkchen in die warme Sommerluft.

Erschrocken stoppte Matti. War er also doch beobachtet worden? Wenn ja, was sollte dieser Alte jetzt anderes von ihm denken, als dass er tatsächlich mal kurz nachschauen wollte, ob es bei den Wendts was zu klauen gab?

»Hallo!«, grüßte er so leise, dass er sich gleich darauf über sich ärgerte. Das hatte viel zu verzagt geklungen; fast wie ein vorweggenommenes Schuldeingeständnis.

»Hallo!«, knurrte auch der Alte mit der Basecap, qualmte stur weiter und sah Matti mit seinen altershellen Augen an, als erwartete er irgendeine Erklärung.

Aber Matti hatte keine Idee, womit er sein Eindringen in den fremden Garten begründen sollte. Verlegen musterte er den alten Mann, der sich streng wie ein Ausrufezeichen vor ihm aufgebaut hatte. Irgendwie originell, der Typ. Die lange, weiße Mähne wirkte, als verachtete er seit Jahren jeden Friseur; auf der scharfen, leicht gebogenen Nase hing eine randlose, ziemlich verstaubte Brille; zu den mächtigen, schwingenförmigen Augenbrauen gesellte sich ein ebenso imposanter, nikotingelber Schnäuzer, der in einen dichten Drei-Tage-Bart überging. Seine schon sehr abgetragene, die Beine umschlotternde Jeans wurde allein durch einen sehr eng gezogenen Gürtel auf Hüfthöhe gehalten; unter der schwarzen Jacke, die wohl mal zu einem richtigen Anzug gehört hatte, leuchtete ein blütenweißes, frisch gebügeltes Hemd. Ja, und an den Füßen trug dieser Alte, der noch immer kein weiteres Wort gesagt hatte, wuchtige, halbhohe Lederstiefel. Das sah aus, als wollte er mitten im Sommer zu einer Winterwanderung durch die Alpen aufbrechen. Die Jeans hatte er so locker hineingestopft, dass sie sich an den Knien beulten.

»Suchste 'ne Unterkunft?« Endlich machte der Alte wieder den Mund auf.

Bingo! Einfach nur Ja sagen, und schon hätte Matti eine Begründung für sein unerlaubtes Eindringen bei den Wendts gehabt. Aus irgendeinem Grund aber widerstrebte es ihm, sich auf diese Weise vom Acker zu machen. »Nee«, wich er aus. »Hab schon eine.«

»Und wo? Bei wem?«, fragte der Alte mit knarziger Stimme, dabei weiter seine Kringel in die Luft paffend, als hätte er sonst nichts zu tun.

»Bei niemandem. Bin allein. Zelte im Wald.«

»So, so!« Erst nickte er diese Antwort ab, als würden in dieser Gegend ständig irgendwelche Leute im Wald campieren, dann schob er sich mit dem Mundstück seiner Pfeife den Schirm seiner Basecap aus der Stirn und fragte mit hochgezogenen Augenbrauen: »Und was, mit Verlaub, hast du bei den Wendts gesucht, wenn du gar keine Unterkunft brauchst? Mal kucken, ob ein Fenster offen steht, oder?«

»Nee! Wieso denn? Wollte nur mal sehen, ob Inka da ist.«

Wieder setzten die schwingenförmigen, weißen Augenbrauen zum Flug an. »Inka? Kennst du sie denn?«

»Na klar! Wir … wir haben als Kinder oft zusammen gespielt. Und da wollte ich mal kurz Guten Tag sagen, weiter nichts.«

Im Gesicht dieses seltsamen alten Mannes ging die Sonne auf. Im breitesten Kinoformat freute er sich darüber, keinen verhinderten Dieb vor sich zu haben. Und schon streckte er die Hand aus, als sei er dankbar dafür, soeben eine neue Bekanntschaft gemacht zu haben. »Krey mein Name. Horst-Peter. Bin hier für alle aber nur der Hadscha … Wurde als junger Mann immer so gerufen. Wegen dem Fußball. War ja mal Mittelstürmer … *Fortschritt Windeck* hieß der Verein. Kannst du aber gar nicht kennen, gibt's schon lange nicht mehr.«

»Matti.« Verlegen nahm Matti die trockene, raue, doch noch immer kräftige Hand.

»Matti? Abkürzung von Matthias, oder?«

»Nee – nur Matti.«

»Ziemlich unernster Name. Aber sicher praktisch. Da braucht's keinen Spitznamen.« Jetzt grinste dieser Alte, als hätte er einen ganz wunderbaren Scherz gemacht.

Darauf fiel Matti keine Antwort ein. So wartete er ab, was weiter passieren würde, und dieser alte Mann, der sich *Hadscha* rufen ließ, nutzte die Gelegenheit, sein Rad zu bestaunen. »Gediegene Sache! Hat sicher 'n braves Sümmchen gekostet, oder?«

»Gute Räder sind nicht billig.«

»Tscha, *da* is was Wahres dran! *Gutes* haben sie einem noch nie nachgeschmissen.« Wieder grinste der Alte Matti an, als wären sie in den paar Minuten, in denen sie sich gegenüberstanden, bereits die allerbesten Freunde geworden. Dann wollte er wissen, was ihn denn in diese Gegend verschlagen hatte. »Bist du nur wegen Inka gekommen? Oder willst du weiter? Vielleicht an die Küste? Oder nach Seldwitz, an den See?«

»Mal sehen. Bin da ganz locker, hab nichts geplant.«

»Na, bei uns ist doch nichts los.« Jetzt machte dieser Hadscha Krey ein eher missmutiges Gesicht. Er blickte nach links und nach rechts, dann zuckte er die Achseln. »Jugend gibt's hier schon lange nicht mehr. Sind alle weg. In die Stadt. Dahin, wo's Arbeit gibt, oder?«

Matti beschloss, zur Sache zu kommen. »Und in Seldwitz, gibt's da denn noch 'nen Laden? So einen mit Brot und Wurst und anderen Lebensmitteln? Der hier hat ja geschlossen. Ich ... ich brauch 'n bisschen was.«

»Tscha, traurig! Laden dicht, Kneipe dicht. Hat sich alles nicht mehr gelohnt.« Wieder zuckte der Alte die Achseln. »Eben viel zu wenig Kundschaft ... Na, und dann alle diese Billigmärkte in den Städten ... Da verfährt man lieber für zwanzig Euro Benzin, um für zehn Cent günstiger einzukaufen, oder? Du aber musst nicht nach Seldwitz. Warte einfach auf die Bloomsche.«

»Die Bloomsche?«

»Na, die Elena mit ihrer *Futterkiste*. Einer dieser mobilen Landläden, die jetzt über die Dörfer zuckeln. Montags, mittwochs und freitags kommt sie, immer so gegen elf. Bringt alles mit, was man so braucht, wenn man nicht alle paar Tage jede Menge Kilometer schrubben will.«

»Auch 'n Besen?«

»Wenn du ihn vorher bestellst, beschafft sie dir auch 'nen Besen.«

Scheiße! Jetzt hatte er sich verquatscht. Das mit dem Besen hätte er lieber nicht sagen sollen. Was wollte er denn *im Zelt* mit einem Besen?

Der alte Hadscha aber schien sich nicht im Geringsten zu wundern, klopfte nur die inzwischen erloschene Pfeife an den Sohlen seiner Stiefel aus und beäugte danach den Pfeifenkopf, ob nicht etwa doch ein Krümel Tabak drin geblieben war. »Ist 'ne patente Frau, unsere Elena«, sagte er danach zufrieden. »Nimmt sich und andere wichtig. Und besser geht's doch nicht, oder?«

»Klar!« Matti nickte pflichtschuldig – und wagte endlich, nach Inka zu fragen. »Wohnt sie denn noch hier?«

»Nee!« Jetzt schüttelte dieser Hadscha Krey so resolut den Kopf, als hätte Matti ihn gefragt, ob hier irgendwo Apfelsinen wüchsen. »Ging ja nicht mehr, nachdem der Ludwig gestorben war. Das Mädchen war danach 'n bisschen schwierig … *Aufsässig* wurde das im Dorf genannt. Hat ja keiner begriffen, wie schwer das ist, wenn eine so ganz ohne Mutter und wirklich vorhandenen Vater aufwachsen muss.«

»Der Ludwig?«

»Na, ihr Großvater! Vor zwei Jahren war das. Hirnschlag! Peng! Aus … War 'ne schlimme Zeit für das Mädchen. Und nicht weniger schlimm für die Lore, ihre Großmutter … Fünfzig Jahre Bett an Bett, und plötzlich ist eins leer. Das muss man erst mal auszuhalten lernen, oder?«

»Und Inka? Wo wohnt sie denn jetzt?«

»Bei ihrem Vater. In Hannover … Jetzt ging das plötzlich. Obwohl: Sie wollte wohl mehr weg von hier als hin zu ihm … Aber, na ja, sie geht dort aufs Gymnasium, kommt nur in den Ferien mal für 'n paar Tage her. Oma besuchen. Denk mir, 's müsste bald wieder so weit sein.«

Matti sah Inkas Großeltern vor sich: zwei alte Leute mit zwar sehr herben, aber auch sehr gütigen Gesichtern. Inkas Oma hatte oft gebacken. Jeden zweiten oder dritten Tag gab sie Inka Kuchenstückchen mit. Und wenn ihr Opa ihn, Matti, mal erwischte, fragte er ihn jedes Mal über Berlin aus. Nur um danach sagen zu können, Großstädte müsse es ja nun leider mal geben, leben aber wolle er in solchem »Tamtam« nicht.

»Ihre Oma ist wohl gerade nicht zu Hause.« Matti sagte das nur, um überhaupt etwas zu sagen. Er konnte doch jetzt nicht einfach weiterfahren.

»Nee, sind ja alle bei der Beerdigung … Die Marie Leitner zieht doch heute auf'n Friedhof … Wobei: *alle* ist vielleicht 'n bisschen übertrieben. Bin ja nicht dabei, oder?« Der alte Hadscha, mit einem Mal verdüsterte sich sein Gesicht, und dann rieb er sich die Stirn, als wollte er irgendwas ausradieren. »Aber, na ja, ist wohl besser so. Will ja nicht, dass die Marie aus'm Sarg fällt, wenn se mich sieht … Hab mir zur Feier des Tages aber extra 'n frisches, weißes Hemd angezogen. Weil sie die doch immer so geliebt hat … Auch weiße Blusen. Nie hat se was Farbiges angehabt … Hat ja auch bestens zu ihr gepasst. Weiß oder schwarz, für Zwischentöne war se nicht zu haben.«

Sagte es und nickte Matti zu, als hätte auch er diese Frau gekannt. »Tscha, sie hielt sehr auf sich, die Marie … Und zäh war se, zäh und zielstrebig! Eine wie die, dachte ich immer, überlebt sogar den lieben Gott, falls es ihn denn gibt. Am Ende aber, da musste auch sie klein beigeben.«

Er sinnierte noch ein bisschen, dann reichte er Matti die Hand. »Ja, und du, falls du noch in der Gegend bleibst, komm doch mal vorbei, oder?« Und mit der Pfeife auf ein kleines, hölzernes, mit rankenden Pflanzen bewachsenes Haus weisend, erklärte er: »Wohne gleich neben der Lore, freue mich über jede Störung.«

»Mach ich«, versprach Matti und meinte das ernst. Er würde ja irgendwann mal sein Smartphone aufladen müssen, und wo sonst sollte er, falls Inka nicht bald kam, eine funktionierende Steckdose finden?

Große Schwester

Es war noch nicht ganz elf, aber der mobile Landladen stand schon neben der Kirche, knallrot gespritzt und mit gelber Werbeschrift verziert: *Elenas flinke Futterkiste.* Die Verkaufsklappe war geöffnet, zwei ältere Frauen, noch in den dunklen Kleidern, die sie zur Beerdigung getragen hatten, unterhielten sich mit der Verkäuferin.

Matti musste sich in Geduld üben. Mal schilderte die eine Kundin, mal die andere, was für eine wunderschöne Beerdigung sie gerade erlebt hatten. Die Frau hinter dem Verkaufstresen, sehr viel jünger – so um die vierzig, schätzte er –, musste jene Elena sein, von der der alte Hadscha erzählt hatte. Neben der Verkaufsklappe klebte ein Papier mit ihrem vollen Namen: *Elena Bloom, Schulgasse 2.* Darunter der Ort, aus dem sie kam – ein Name, der ihm nichts sagte –, die Telefonnummer und die Mailadresse.

Der alte Hadscha aber hatte nicht übertrieben: eine sehr sympathische Frau, diese Elena. Enge Jeans und grüner Pulli, auf dem Kopf ein Wust von schwarzen Locken. Augen wie Brombeeren. Sie war nicht direkt hübsch, strahlte aber viel Wärme aus. Besonders, wenn sie lächelte. Dann kräuselten sich ihre weichen, vollen Lippen, als ob sie für vieles, wenn auch nicht für alles Verständnis hatte. Und egal, was die beiden Frauen vor dem Bus erzählten oder wovon sie schwärmten, sie lächelte oft.

Die zwei jedoch fanden kein Ende. Kaum hatten sie die Beerdigung durchgenommen, ließen sie sich über das Leben der Toten aus. Sie sagten Sätze wie: »Na ja, sie hat aber immer nur Gutes gewollt« und »Damals waren die Zeiten eben so« und »Weiß ja keiner, ob sie insgeheim nicht ganz anders gedacht hat«.

Dem widersprach die Frau in der *Futterkiste* vehement: »Ach, sie wird schon an all das DDR-Zeug geglaubt haben, das man den Leuten damals in die Köpfe hämmerte. Wenn nicht – noch schlimmer! Parolen verbreiten, an die man nicht glaubt? Für so charakterlos hab ich sie nicht gehalten. Da fallen mir ganz andere ein, solche, die immer schon Hände und Füße und was weiß ich noch alles für Extremitäten in Unschuld gewaschen haben.«

Ein Einwand, der den beiden Frauen nicht gefiel. Sie machten schiefe Gesichter, und endlich begann die, die ganz vorn stand, ihre Liste abzuarbeiten. Brot, Butter, Käse, Wurst und vieles andere mehr brauchte sie. Als sie alles in ihren beiden Stoffbeuteln verstaut hatte, bezahlte sie, grüßte kühl und ging.

Die Frau in der *Futterkiste* lächelte ihr kopfschüttelnd nach und wandte sich der nächsten Kundin zu. »Und Sie, Frau Wiese? Woran fehlt's denn heute?«

Wieder ging's um alle möglichen Lebensmittel, Küchen- und Badutensilien, erneut wurde mehr förmlich als freundlich gegrüßt, dann wackelte auch diese Schmolltante davon und Matti durfte nach vorn treten.

Und ja, auch er erntete ein Lächeln von dieser Elena Bloom, die, während er noch warten musste, schon ein paarmal neugierig zu ihm hergeschaut hatte. »Nanu?«, sagte sie jetzt. »Ein neues Gesicht? Das passiert nicht oft. Feriengast oder auf Durchreise?«

Matti ließ erst mal nur den Blick schweifen. Die Bezeichnung *Futterkiste* traf es nicht; hier gab es mehr, viel mehr als nur *Futter*. An der Rückwand zogen sich mehrere lange, knackvoll bepackte Regalbretter hin – in den unteren lag jede Menge Bad-, Haushalts- und Drogeriekram, in den oberen tummelten sich Brote und Brötchen. Neben der Tür zur Fahrerkabine ragte ein schmaler, mit Butter, Margarine, Käselaiben und Würsten voll bepackter, gläserner Kühlschrank in die Höhe, das Revier der Fleischgläser, Suppendosen und Fischbüchsen befand sich neben der rückwärtigen, offen stehenden Tür. Unter diesen eher kurzen Regalbrettern brummte eine niedrige Gefriertruhe vor sich hin; direkt vor ihm, unter der Glasabdeckung, machten Platten mit aufgeschnittenen Wurst- und Käsesorten, abgepacktem Räucherfisch und diversen Salaten auf sich aufmerksam.

»*Haalloo!*« Jetzt lachte diese Elena mal richtig. »Was benötigen der junge Herr denn? Bin kein Museum. Wer nur zum Schauen kommt, muss Eintritt bezahlen.«

»Wenn Sie kein Museum sind, dürfen Sie ja gar keinen Eintritt verlangen.« Froh, dass ihm diese Entgegnung eingefallen war, grinste Matti der Frau zu.

»Schlaukopf!« Ihre dunklen Augen funkelten. »Aber jetzt komm mal zur Sache: Was darf's denn sein? Einen Happen fürs Mittagessen? Oder fürs Abendbrot?«

»Zuallererst brauch ich 'nen Besen.«

»Einen Besen?« Nun war sie doch überrascht. »Um deiner Mutter beim Ausfegen zu helfen? – Alle Achtung, sehr lobenswert! Aber tut mir leid, hab ja vieles, Besen allerdings hab ich nicht vorrätig.«

»Nee, aber Sie können mir einen bestellen.«

»Woher weißte das denn?« Sie staunte.

»Der Herr Krey hat's mir verraten.«

»Onkel Hadscha? Na, wenn der's sagt … Also für Mittwoch 'nen Besen. Vorher komme ich nämlich nicht wieder her.« Sie griff sich einen Block, um die Bestellung zu notieren. »Und?«, wollte sie wissen. »Hat der Herr, was die Borsten betrifft, besondere Wünsche? Oder soll's einfach nur billig sein?«

»Billig.«

Sie notierte es und musste wieder lachen. »Verrückte Sache! Da denkt man, in diesem Beruf passiert nicht mehr viel Neues, und dann kommt einer und braucht 'nen *Besen* … Du bist doch sicher mit deinen Eltern hier, habt ihr in der Ferienwohnung keinen? So was gehört doch zur Ausstattung.«

»Bin allein«, gab er zu. »Ich zelte. Im Wald.«

»Und dafür brauchst du 'nen Besen?«

Verdammt! Schon wieder hatte er sich verplappert. Was sollte er darauf denn antworten? Matti holte erst mal tief Luft, dann machte er das ehrlichste Gesicht, das er in diesem Moment fertigbrachte, und sagte einfach nur: »Ja.« Sollte sie mit dieser Auskunft anfangen, was sie wollte.

Sie sah ihn an, als zweifelte sie an seinem Verstand. »Willst du den Wald ausfegen? Weil's beim Barfußlaufen pikt?«

»Ja.« Einfach wieder nur »Ja« und so harmlos gekuckt, als wüsste er überhaupt nicht, was diese Fragerei sollte. Er verlangte ja nur einen Besen und keinen Revolver; ein Verbrechen plante er nicht.

»Na gut!« Sie zuckte die Achseln. »Und auf welchen Namen geht das gute Stück?« Sie hielt noch immer den Bleistift in der Hand.

Eine Frage, mit der Matti nicht gerechnet hatte. Schon dem alten Hadscha hatte er seinen Namen genannt, jetzt sollte er sogar notiert werden – und ganz bestimmt wollte sie nicht nur seinen Vornamen wissen. »Wozu denn das?« Er spielte den Beleidigten. »Wozu müssen Sie denn meinen Namen wissen? Schreiben Sie doch einfach: ein Besen. Ich hole ihn Mittwoch garantiert ab. Außerdem wird so 'n Besen ja wohl nicht schlecht.«

»Bist du abgehauen?« Sie krauste die Stirn, als könnte sie sich langsam etwas denken. »Weg von Mama und Papa? Hänschen klein ging allein und niemand darf's wissen?«

»Klar!«, witzelte er zurück. »Will über die Ostsee nach China, Reis anbauen.« Blöd die ganze Sache, aber er wollte doch nicht, dass irgendjemand wusste, wo er sich befand.

»Na, wenn's so ist! Dann brauchst du natürlich 'nen Besen. Ohne lassen sie dich da gar nicht rein.« Er merkte, dass sie ihn immer seltsamer fand, irgendwie machte ihr dieses Gespräch aber auch Spaß. »Und was benötigst du sonst noch so an Haushaltsgegenständen? Vielleicht auch Möbel? Tisch und Stühle, Couch und Schrank? Weiß ja nicht, wie groß dein Zelt ist.«

Seife brauchte er, Zahnpasta, Zahnbürste, ein zweites Handtuch, Klopapier, Öl für die Tür, ein paar Kerzen und jede Menge Streichhölzer. Das meiste hätte er auch von zu Hause mitnehmen können, nur wäre das sicher aufgefallen. Außerdem wäre er dann viel zu bepackt gewesen für die lange Fahrradtour.

Eine Sache nach der anderen baute diese Elena vor ihm auf, während sich in Mattis Rücken bereits eine immer länger werdende Schlange von Leuten gebildet hatte, die ebenfalls einkaufen wollten. »Und Frühstück, Mittag- und Abendessen? Wozu sonst das Klopapier?« Als Letztes legte sie das Paket mit den Papierrollen vor ihn hin.

Er verlangte ein ganzes Brot, ein Glas mit Leberwurst, zwei Dosen Hühnersuppe und eine halbe harte Wurst. Auf Butter oder Margarine verzichtete er, er hatte ja keinen Kühlschrank.

»Nichts zu trinken?«

»Nein.« Dafür hatte er seine Pumpe und die große Wasserflasche, die er immer wieder neu nachfüllen konnte.

»Dann war's das?«

»Ja.«

Sie sah auf den kleinen Rechner, in den sie die Einzelbeträge eingetippt hatte. »Macht vierundfünfzig dreißig.«

»Vierundfünfzig?« Er schluckte.

»Vierundfünfzig dreißig!« Sie schmunzelte. »Kannst doch nicht einkaufen wie 'n Milliardär und – wenn's ans Bezahlen geht – auf Hartz 4 machen.«

»Ist da der Besen schon dabei?«

»Leider nicht. Bin eben viel zu großzügig. Hätte dir ja eigentlich 'ne Anzahlung abknöpfen müssen. Auch wenn so 'n Besen kein Verfallsdatum hat – weiß ich denn, ob ich dich jemals wiedersehe? Und dann nimmt mir das Ding hier den Platz weg.«

Dafür hätte er sich bedanken müssen, der hohe Endbetrag jedoch hatte ihn wortkarg gemacht. Stumm legte er seinen einzigen Fünfzig- und danach noch einen Fünfeuroschein auf den Tresen, stumm steckte er das Wechselgeld ein, stumm verstaute er alles Erworbene in den Gepäcktaschen. Jetzt befanden sich in seinem Portemonnaie nur noch ein paar Zwanzig-, Zehn- und Fünfeuroscheine. Typische Sparbüchsenausbeute.

Ernst sah sie ihn an, und dann fragte sie ohne Rücksicht auf die hinter seinem Rücken langsam ungeduldig werdenden Windecker: »Sag mal, wo kommst du denn überhaupt her?«

»Aus Berlin.« Berlin war groß, damit verriet er nichts.

»Berlin?« Sie freute sich. »Da hab ich auch mal gewohnt. Am Boxhagener Platz. Zu Studentenzeiten. War schön damals. Aber jetzt, nee, jetzt wär's mir da zu teuer, zu belebt und an den Abenden viel zu laut. War noch nie 'ne Nachtschwärmerin, schlafe lieber gut und lange.«

Sie hatte studiert? Und fuhr mit einer *Futterkiste* von Dorf zu Dorf? »Was haben Sie denn studiert?«

»Informatik. Hat auf Dauer aber keinen Spaß gemacht.« Sie seufzte. »Ich meine: die ganze Studiererei. Bin eher praktisch veranlagt. Also hab ich's hingeworfen. Man soll nichts tun, wozu man keine Lust hat.«

Sehr sympathisch, was diese Elena da gesagt hatte. Gleich sah Matti sie noch ein bisschen neugieriger an.

»Überrascht dich das?« Wieder schenkte sie ihm ein Lächeln. »Hast wohl gedacht, so 'ne Landladen-Tussi hat nichts als Stroh im Kopf?«

»Hab gar nichts gedacht«, log er, denn natürlich hatte er etwas *gedacht*. Schade, dass er keine große Schwester wie diese Elena hatte, war es ihm durch den Kopf gegangen; eine, die ähnlich tickte wie er und mit der er reden konnte.

»Na, dann – bis Mittwoch!« Sie musste sich nun doch der nächsten Kundin zuwenden.

»Bis Mittwoch.« Er nickte ihr zu und ging.

Jetzt erst mal was essen, er spürte den Hunger ja schon bis in die Kniekehlen. Mit dem Taschenmesser schnitt er ein Stückchen harte Wurst und danach eine dicke Scheibe Brot ab, kaute alles genüsslich, spülte mit Wasser nach und griff erneut zum Taschenmesser.

Ja, so ließ es sich leben. Sauwohl fühlte er sich in diesem Augenblick, mitten im herrlichsten Sonnenschein auf der schön vorgewärmten Holzbank hinterm Haus. Vor ihm die sattgrünen Wiesen, gold leuchtenden Felder und sein immer wieder in der Sonne aufblitzender »Whirlpool« und in der Ferne der Wald, den er sich tags darauf vorknöpfen wollte, um Reisig zu sammeln. Zwar lagen auch hier ein paar vom Wind abgebrochene Äste herum, doch für ein gescheites Lagerfeuer reichte das nicht. Außerdem waren für heute Rodungsarbeiten angesagt, und das vor allem in dem treibhausähnlichen Raum, der sein neues Schlafzimmer werden sollte.

Kaum war er einigermaßen satt, ging's los. Mit radikalem Mut begann er, rund um die Birke, die er auf gar keinen Fall umbringen wollte, alle Pflanzen auszureißen. Ein anstrengender Job, aber unbedingt nötig, wenn er Platz für Isomatte und Schlafsack schaffen wollte. Als er glaubte, dass es reichte, breitete er auf dem freigeräumten Fleck sein Lager aus und legte sich probehalber gleich mal drauf: Bauchlage, linke Seite, rechte Seite, Rückenlage; kein Himmelbett, aber so müsste es eigentlich gehen.

Nächster Arbeitsauftrag: Rodungsarbeiten vor dem Haus. Er wollte auch hier nicht alles ausreißen, nur einen schmalen Streifen Fußweg rund ums Haus und hin zur Pumpe wollte er schaffen. Sollte ja niemand mitbekommen, dass diese Ruine einen neuen Besitzer hatte.

Er arbeitete, bis ihm der Schweiß an Stirn, Rücken und Brust runterlief. Am liebsten hätte er sein T-Shirt ausgezogen, doch er wollte keinen Sonnenbrand riskieren.

Nach zwei, drei Stunden Schufterei war auch diese Arbeit erledigt. Zufrieden stemmte er die Arme in die Seiten und betrachtete das Geschaffene. Einen wirklich nur aus der Luft zu bemerkenden Trampelpfad hatte er da angelegt, also durfte er jetzt endlich das Belohnungsbad nehmen, auf das er sich schon so lange gefreut hatte.

Wie genoss er die Abkühlung in seinem sprudelnden und glucksenden Whirlpool! Erst als er schon ein bisschen fror, trocknete er sich ab und zog sich wieder an und sammelte das bisschen Reisig ein, das er rings ums Haus finden konnte. Mit ein paar herabgefallenen Ästen und vertrockneten Brennnesselstauden wollte er versuchen, seine Hühnersuppe heiß zu bekommen.

Es reichte nur für ein sehr mickriges Feuer, doch die in eine Astgabel geklemmte Dose wurde tatsächlich heiß, und er musste sie, bevor er daraus trinken konnte, erst abkühlen lassen. Teller, Tasse oder Löffel besaß er ja nicht. Aber noch nie hatte eine Dosensuppe besser geschmeckt!

Danach gönnte er sich noch ein paar Scheiben Brot, diesmal mit Leberwurst drauf, und rechnete nach, wie viel Geld ihm noch zur Verfügung stand. Über vierundfünfzig Euro hatte ihn dieser Einkauf gekostet, und da war der Besen, von dem er nicht wusste, was er kosten würde, noch nicht dabei. Sicher gab's auch den nicht unter zehn Euro, und das hieß, dass ihm nur noch knapp hundertdreißig Euro zur Verfügung standen, denn mehr als hundertneunzig und ein paar Münzen hatte er bei seinem Aufbruch nicht zusammenkratzen können. Wenn er am Mittwoch einkaufen fuhr, das stand fest, musste er von Anfang an mitrechnen, damit nicht wieder eine so horrende Summe zusammenkam.

Andererseits: So viel würde er gar nicht mehr brauchen, weil er alles Nötige ja heute schon gekauft hatte. Und würde er denn am Mittwoch nicht Elena wiedersehen? Darauf freute er sich jetzt schon. Machte richtig Spaß, mit ihr zu reden … Und auch den alten Hadscha würde er dann besuchen. Einfach so. Der hatte ihn ja eingeladen, und alte Leute hatten ihn schon immer interessiert, wenn auch sicher nur, weil er nie Großeltern kennengelernt hatte. Silvias Eltern waren früh gestorben und Eddies Eltern geschieden, nachdem seine Mutter einen Amerikaner kennengelernt und mit ihm in die USA abgehauen war. Und Eddies Vater? Der hatte sich nach der Scheidung in Luft aufgelöst. Niemand wusste, ob er noch lebte und wenn ja, wo. Na, und der alte Hadscha war doch wirklich ein irrer Typ. Ehemaliger Mittelstürmer! Und wie er herumlief. Und hinter jedem zweiten Satz ein »Oder?« … Bei ihm würde er, wenn es so weit war, garantiert sein Smartphone aufladen dürfen.

Wie sagte Silvia oft? Die schönste Freude ist nicht die Schaden-, sondern die Vorfreude. Matti gab sich ihr hin, bis von einer Sekunde zur anderen ein riesiger Mückenschwarm vor ihm auftauchte. Als wären sie allesamt erst in diesem Moment zum Leben erwacht, umschwirrten ihn diese Abertausenden kleiner Vampire.

Wie Usain Bolt sprintete er ins Haus, kroch in seinen Schlafsack und zog von innen den Reißverschluss zu. Und vorsichtshalber gleich bis über den Kopf. So war er erst mal aus der Welt.

Im Finstern liegend, ließ er den heutigen Tag noch mal in sich ablaufen – und sah bald den Beerdigungszug vor sich: die bedrückten Gesichter der Leute, die dem Sarg dieser Marie Leitner folgten! Ja, und er hörte auch wieder, was der alte Hadscha und die Frauen vor der *Futterkiste* über die Tote gesagt hatten …

Er versuchte, sich die Frau im Sarg vorzustellen: eine sehr, sehr alte Frau, weißgraue Haare, pergamentene Haut, Hände auf dem Bauch zusammengelegt …

Ihn schauderte. In seinem Schlafsack war es ja auch fast wie im Sarg. Besser, er dachte an den morgigen Tag. Was er alles unternehmen wollte. Zuerst in den Wald gehen, Reisig sammeln. Danach erneut ein Lagerfeuer anzünden – aber diesmal ein richtiges – und sich die zweite Dose Hühnersuppe warm machen. Ja, und dann musste er Mails losschicken. Den Eltern hatte er ja eigentlich heute noch schreiben wollen. Irgendwie hatte er aber keine Lust mehr darauf. Bei dieser zweiten ging's ja nicht nur um eine Hallo-ich-lebe-noch-Mail, diesmal musste er ausführlicher werden. Und Jessy und Apfelschröder wollte er auch schreiben … Doch bei dieser Mückenplage da draußen konnte das wirklich niemand von ihm verlangen. Und im Schlafsack liegend, nein, da würde er kaum was Vernünftiges zustande bringen.

Allerdings konnte er die Mail an Silvia und Eddie ja schon mal im Kopf vorformulieren. Er reimte sich einen knackigen Text nach dem anderen zusammen, änderte und verbesserte ihn immer wieder – und wurde dabei natürlich erst recht nicht müde. Und viel später, als er dann endlich doch noch eingeschlafen war, träumte er mal wieder unsägliches Zeug.

Da war ein Wald, wie es ihn eigentlich gar nicht geben durfte, weil alle Bäume metallisch glänzten. In diesem Spukwald, in den er sich aus irgendeinem Grund verlaufen hatte, zirpten die Grillen – meterlange Viecher – laut wie Sirenen, und unzählige andere zu Riesen mutierte Insekten hüpften und schwirrten um ihn herum, als wollten sie ihn fressen. Voller Panik schlug er um sich – und schreckte auf.

Schweißüberströmt befreite er sich aus seinem Gefängnis, schaltete die Taschenlampe an und sah auf seine Uhr. – Waas? Erst kurz nach elf? Dann konnte er ja gar nicht lange geschlafen haben. Und – so ein Mist – der größte Teil der Nacht lag noch vor ihm.

Mails

Über den Feldern schwebte ein Greifvogel. Die Flügel weit ausgebreitet, neigte er sich mal zur einen, mal zur anderen Seite.

Der spähte nach Beute. Flog weiter durch den Morgensonnenschein und kam zurück. Ziemlich groß war er, aber war das wirklich ein Adler? Oder nur ein ausgewachsener Bussard oder Habicht? Inka hatte gesagt, hier gäbe es noch Adler, und ihm mal einen gezeigt, der ähnlich hoch flog. Aber ob das wirklich einer gewesen war? Oder ob sie sich nur gewünscht hatte, mal einen zu sehen?

Matti hatte die alte Holzbank in den Schatten der Linden gerückt, um auf seinem Smartphone überhaupt etwas erkennen zu können. Er versuchte, eine Mail an die Mutter zustande zu bringen. Von Satz zu Satz fiel es ihm schwerer, einigermaßen seine Gedanken wiederzugeben, und so hatte er sich gern von diesem Beutejäger ablenken lassen.

Liebe Silvia, so hatte er zäh begonnen, *will mich mal wieder melden. Eddie maile ich extra.*

Ja, ich weiß, dass ihr euch große Sorgen macht. War ziemlich krass von mir, so einfach abzuhauen. Aber hätte ich gesagt, was ich vorhabe, hättet ihr mich dann fortgelassen? Ich musste aber weg. Ist mir alles zu viel geworden.

An dieser Stelle war der große Vogel aufgetaucht, Matti brauchte einen Neuanfang. *Du hast mal gesagt, dass ich mit allem, was mich bewegt, zu dir kommen kann. Mit allem – ohne Ausnahme! Hört sich gut an, nur kann ich das meistens eben gerade nicht. Wenn du abends nach Hause kommst, bist du ja jedes Mal total alle und schimpfst ohne Ende. Auf die viele Arbeit, die dir keiner abnimmt, auf die Kunden, die dich mit ihren Fragen löchern und dann doch nicht bei dir buchen, und immer öfter auch auf die Frau Jochmann oder die Weinert, die ihre Arbeit so viel lockerer nehmen und sich einfach krank melden, wenn's ihnen reicht. Weil du dann ja noch mehr zu tun hast.*

Zum vierten oder fünften Mal kam der Vogel zurück, um seine Kreise zu ziehen.

Wie die Welt wohl von da oben aussah? Der Wald, die Felder und Wiesen, der im Sonnenschein blinkende und glitzernde Bach – und am Rand der Landstraße, neben einer von viel Wildwuchs umgebenen Ruine, ein Junge auf einer Holzbank, der auf seinem Smartphone herumtippte … Aber na klar, er interessierte diesen Vogel nicht, für den war nur wichtig, dass er endlich was in seinen Schnabel bekam.

Er las noch mal durch, was er bisher geschrieben hatte. Und war nicht zufrieden. Was sollte das denn werden? Ein Vorwurf? Eine Entschuldigung für sein Abhauen? Eine Erklärung? So richtig verständlich hatte er sich bisher noch nicht gemacht; er musste deutlicher werden.

Eddie und du, ihr tut immer so, als wären wir drei so was wie die drei Musketiere. Einer für alle, alle für einen.

Doch glaube ich manchmal, dass ihr in einer ganz anderen Welt lebt, einer Welt, von der ich immer nur erfahre, was euch daran nicht gefällt. Soll ich euch dann auch noch mit dem kommen, was mir *nicht gefällt?*

Er hatte es ja versucht, doch sich nie richtig ernst genommen gefühlt. Schule? Na, da hatten wir doch alle mal unsere Probleme, da muss man durch. Ohne Abi ist man ja heutzutage gar kein richtiger Mensch. Nicht schön, aber ist so. Was willst du denn mal studieren, ohne Abi? So hatte Eddie oft gesprochen. Und er, Matti, der doch sonst kein Weichei war und nicht auf den Mund gefallen, hatte nie, nicht ein einziges Mal gewagt zu sagen, dass er ja gar nicht studieren wollte; hatte es einfach nicht fertiggebracht zu widersprechen.

Es ist blöd, fuhr er fort, *aber mir fällt es viel leichter, euch zu schreiben, als mit euch zu reden. Weil ich euch dabei nicht anschauen muss. Wenn wir beim Abendbrot beieinandersitzen, dann geht das nicht. Wenn ihr so redet über all das, was euch nicht passt oder ihr nicht gut findet, dann fühle ich mich jedes Mal ungeheuer weit weg von euch …*

Verflucht, jetzt kamen ihm die Tränen!

Manchmal, das dürft ihr mir ruhig glauben, hab ich dann richtig Sehnsucht nach euch. Und das, obwohl ich doch neben euch am Tisch sitze. Irgendwie seid ihr dann ja jedes Mal gar nicht richtig da. Jedenfalls nicht für mich.

Und auch das wollte er endlich loswerden: *Eddie hat mir mal mangelnden Ehrgeiz vorgeworfen. Dabei wisst ihr doch gar nicht, was ich wirklich will. Vielleicht bin ich ja doch ehrgeizig, nur eben mehr auf praktischem Gebiet …*

Diese Elena! Sie hatte auch lieber was Praktisches machen wollen. Warum, verflucht noch mal, war das Abitur nur soo wichtig? Kam man ohne Abi etwa nicht in den Himmel?

Ihr wollt wissen, wo ich jetzt bin. Klar, kann ich verstehen. Aber das darf ich euch nicht verraten, weil ihr dann ganz sicher herkommt, um mich abzuholen. Und das will ich nicht. Muss mir erst noch über vieles klar werden. Deshalb – bitte! – versucht nicht, mein Smartphone orten zu lassen. Ich müsste dann ja irgendwo anders hin verschwinden. Und hier geht's mir bestens und ich bin ja auch bald wieder zurück.

Geschafft! Aber wie Silvia wohl zumute war, wenn sie diese Mail am Abend las? Tagsüber musste ihr Smartphone ja ausgeschaltet bleiben, ihr Chef verlangte das. Und zu Hause? Da war sie dann wieder total abgespannt und müde. War ja nicht so einfach, diese langen Arbeitstage wegzustecken. Kurz vor neun ging sie aus dem Haus und vor abends um neun kam sie nicht zurück. Nur an den Sonnabenden, da kam sie etwas früher. Vierzig war sie und sah älter aus als die Frau Jochmann, die schon über fünfzig war, aber eben öfter mal krankfeierte und sich auch sonst keinen Kopf machte, egal ob das Geschäft gut oder schlecht lief. Der Laden gehöre ihr ja nicht, hat sie mal zu Silvia gesagt, und für ihr Geld tue sie schon genug …

Silvia konnte nicht so denken. Trotz allem Stress mochte sie ihren Beruf: *Tourismuskauffrau*. Schon als Schülerin hatte sie nichts anderes werden wollen. Der Umgang mit der großen Welt – Rio, New York, Tokio – habe sie gelockt. Und das, obwohl ihr von Anfang an klar gewesen sei, dass sie viele dieser Städte auch nach ihrer Ausbildung nie kennenlernen würde. Noch wichtiger aber war ihr, die ab ihrem sechzehnten Lebensjahr bei ihrer älteren Schwester Andrea aufgewachsen war, von niemandem abhängig zu sein. Auch nicht von Eddie. Früh hatte sie ihr eigenes Geld verdienen wollen und das hatte sich bis heute nicht geändert.

Matti zögerte. Sollte er noch irgendwas Liebes schreiben? Doch ihm fiel nichts ein, was einigermaßen passte. So blieb es bei *Grüße bitte auch Eddie, Küsschen, dein Matti.*

Die Mail war weg, jetzt ging's ans Reisigsammeln. Die zweite Dose Hühnersuppe spukte in seinem Kopf herum. Sich Zeit lassend, wanderte er über die Felder und Wiesen auf den Wald zu, dabei immer weiter den großen Greifvogel beobachtend.

Vielleicht war das ja doch ein Adler, einer, der Hasen und Wildkaninchen riss. Irgendwie würde das die ganze Sache noch abenteuerlicher machen.

Im Wald war es still, sehr still, und natürlich waren ihm vor vier Jahren die Bäume höher erschienen und das Dickicht geheimnisvoller. Tief hinein musste er nicht, hier lagen so viele herabgefallene Äste und Zweige herum, und alle waren sie so knacktrocken, dass er sich auf ein wunderbares Lagerfeuer freuen durfte.

Auf dem Rückweg, den Berg Reisig in den Armen, scheuchte er ein Reh auf. Auch darüber freute er sich.

Erst ein Adler, jetzt ein Reh, und alles in freier Wildbahn. Tiere im Zoo – und waren sie noch so exotisch – kamen da nicht mit.

An seinem Whirlpool entlang ging's zum Haus zurück und der große Greifvogel schien ihm zu folgen.

Hatte der denn noch immer keine Beute gemacht? Oder hatte ihm nicht gereicht, was er geschlagen hatte? Ein Gefühl der Einsamkeit wehte Matti an: Der große Vogel und er, in dieser weiten, flachen Landschaft wirkten sie, als wären sie allein auf der Welt. Verunsichert und vom Reisig in seinen Armen in der Sicht behindert, trat er in eine Kuhle, stolperte und fiel und einer der Äste hätte ihm beinahe ins Auge gestochen.

Mühsam rappelte er sich wieder auf. Verflucht, das hätte ihm nicht passieren dürfen! Was, wenn er sich den Fuß angeknackst oder gar gebrochen hätte? Dann hätte der toughe Sohn, der nicht gefunden werden wollte, seiner lieben Mutter gleich noch eine Mail hinterherschicken dürfen: Bitte holt mich ab …

Doch nein, er musste Silvia keine zweite Mail schicken, mit seinen Füßen war alles in Ordnung. Ja, und auch Eddie würde noch ein bisschen auf seine Mail warten müssen. Um ihm zu mailen, musste er einen völlig neuen Anlauf nehmen. Darauf hatte Matti jetzt keine Lust.

Und die Mail an Apfelschröder? Auch die schob er lieber noch auf. Jessy war dran; Jessy, die ihm den Rest gegeben hatte. Wenn das mit Jessy nicht passiert wäre, vielleicht wäre er dann ja gar nicht losgefahren.

Wieder saß er auf der Holzbank, wieder starrte er sein

Smartphone an. Doch was sah er in Wirklichkeit? Nur Jessy! Jessy, wie sie mit Peer hinterm Supermarkt gestanden hatte …

Die beiden hatten geglaubt, der Müllcontainer verdecke sie, und er, vom Schwimmtraining kommend, war ja auch nur rein zufällig dort vorbeigelaufen. Aber dann hatte er Jessy lachen gehört, so laut und herausfordernd, wie kein anderes Mädchen lachte. Und als er zu ihr wollte, sah er sie an Peers Hals hängen …

Das war, als wäre er gegen eine Wand geprallt. Zuerst hatte er gar nicht glauben wollen, was er da sah. Jessy und er, seit fast einem Jahr waren sie zusammen. Alle wussten das. Auch Peer. Nun das: *Sein* Mädchen und einer seiner besten Freunde. Und wie innig sie einander abknutschten … Ein doppelter Verrat!

Er war so geschockt gewesen, dass er in diesem Augenblick nichts anderes tun konnte, als einfach weiterzugehen. Und das so leise und unauffällig, dass die beiden ihn nicht bemerkten. Oder hätte er etwa hingehen und erst Jessy eine scheuern und sich danach mit Peer prügeln sollen? Damit hätte er sich doch erst recht zum Affen gemacht.

Nein, äußerlich war er cool geblieben, innerlich aber hatte es in ihm gebrodelt. Wie hatte Jessy ihm das antun können? Da hatte er einmal keine Zeit für sie – und schon ließ sie sich mit einem anderen ein! Hätte sie vorher mit ihm Schluss gemacht, auch das hätte wehgetan, aber das wäre kein solcher Tiefschlag gewesen …

Ja, und hatte Peer etwa nicht gewusst, mit wessen Mädchen er da rummachte? Oder war gerade das der Kitzel gewesen, der ihn verlockt hatte: die hübsche Jessy, die bisher immer nur den Freund ihres Freundes in ihm gesehen hatte, dem Kumpel mal kurz weggeklaut …

Hallo Jessy, begann er, bemüht, auch weiterhin den Coolen zu spielen. *Will mich mal kurz melden. Hast dich vielleicht gefragt, warum ich dir in der Schule zuletzt aus dem Weg gegangen bin und auch auf deine Anrufe auf meiner Mailbox nicht geantwortet habe. Aber, sorry, dummerweise hab ich dich mit Peer zusammen gesehen. Drei Tage vor den Ferien war das, hinterm Supermarkt. Irgendwie nicht ganz sauber, das Ganze, finde ich.*

Ja, so ging's! Wie schlimm ihn dieser doppelte Verrat getroffen hatte, das würde sie aus diesen Sätzen kaum herauslesen können.

Kurz sah er den wenigen Schönwetterwolken nach, die über ihn hinwegtrieben – der Greifvogel hatte sich seit seiner Rückkehr aus dem Wald nicht mehr blicken lassen –, dann fuhr er in gleicher Tonlage fort: *Verstehe nur nicht, weshalb du weder vorher noch hinterher mit mir Schluss gemacht hast. Hast mich am Morgen danach kaum angesehen. Und wenn doch, dann so cool, als ob überhaupt nichts passiert wäre. Fand ich echt nicht gut.*

Und das war es ja auch wirklich nicht. Oder glaubte sie etwa allen Ernstes, mit zweien gleichzeitig gehen zu können? – Oder wie hätte er dieses Pokerface anders deuten sollen?

Weiß nicht, was du dir dabei gedacht hast, und will es auch gar nicht wissen. Wenn du dich in Peer verknallt hast, okay, deine Sache. Eigentlich schreibe ich dir nur, weil ich zurzeit nicht in Berlin bin. Hab mich für paar Tage abgesetzt. Deshalb kann es sein, dass meine Eltern dich fragen, ob du vielleicht weißt, wohin ich verschwunden bin. Also: Glaub bloß nicht, dass ich deinetwegen abgehauen bin! Das hat tausend andere Gründe.

Peer kannst du sagen, dass er in meinen Augen ein Arsch ist. Weil man unter Freunden so etwas einfach nicht macht, egal wie günstig die Gelegenheit ist und ob das Mädchen Spaß daran hat oder nicht.

Ja, das war's! *Schönen Sommer noch, Matti,* und weg mit dieser Mail.

Die zweite Dose Hühnersuppe war gegessen, das Feuer verglimmt. Matti spürte, wie Dunkelheit ihn umfing und noch einsamer machte. Die verkohlten Äste und Zweige, die zuvor so heftig geprasselt und geknackt und hoch gelodert hatten – wie trist und armselig lagen sie nun vor ihm.

Verflucht, die Mail an Jessy, jetzt bedrückte sie ihn doch! Vielleicht hätte er sie lieber doch noch nicht abschicken, sondern länger über alles nachdenken sollen. Jessy und er, sie hatten ja auch schöne Zeiten miteinander erlebt. Sie war das erste Mädchen, das er küssen durfte; ja, eigentlich hatte sie es ihm erst beigebracht. Anfangs hatte er sich ja kaum getraut, den Mund aufzumachen. Später hatte er sie dann auch mal streicheln dürfen, die Brüste und sogar zwischen den Beinen.

Wie stolz er auf sie gewesen war! Das hübscheste Mädchen der Klasse – und sie war mit *ihm* zusammen, ausgerechnet mit ihm, der weder der coolste Typ noch der beste Schüler, sondern nur der mit den verrücktesten Einfällen war. Matti, der Glückspilz, so hatten fast alle Jungen der Klasse und auch er selbst gedacht …

Ob er ihr zum Schluss langweilig geworden war? Sie hatte ja schon oft über sein ewiges Schwimmtraining geschimpft. Und wirklich – was hatten sie denn schon groß miteinander unternommen? Nichts als Kino, weil man dort so schön im Dunkeln saß, oder durch irgendwelche Parks oder stillen Seitenstraßen schlendern und quatschen und hin und wieder stehen bleiben, um sich zu küssen. Vielleicht hatte sie ja mehr von ihm erwartet, irgendwas Besonderes, weil sie ja eine *Besondere* war, und vielleicht konnte Peer das liefern …

Da! Was war das? Irgendwas war aus dem Dachboden geschossen, eine Art kleiner, schwarzer Blitz, und irgendwo im Dunkeln verschwunden. Eine Schwalbe konnte das nicht gewesen sein, so schnell flog kein Vogel … Ja, und schon wieder, noch so ein schwarzer, lautloser Strich, der durch den Abendhimmel schoss … Fledermäuse! Das mussten Fledermäuse sein …

Er hielt die Luft an. Nie zuvor hatte er Fledermäuse gesehen. Außer im Zoo natürlich. Aber was für Geschosse das waren, wie lautlos sie durch den Abend glitten …

Eine Weile beobachtete er dieses Hin und Her – es mussten mindestens fünf oder sechs Tiere sein –, dann zog er sich in die Ruine zurück, zündete eine Kerze an und verkroch sich im Schlafsack … Ja, und da lag er dann, in dem Raum mit dem beschädigten Dach, durch das nun schon die ersten Sterne blinkten, starrte in die leicht flackernde Kerze und dachte an den Tag, der ihn erwartete.

Auf jeden Fall würde er Elena wiedersehen. Ein echter Pluspunkt. Überhaupt: *Elena Bloom,* was für ein schöner Name! *Elena* klang irgendwie nach Süden – Mittelmeer oder so –, *Bloom* mehr nach Norddeutschland: *Blume …*

Die ersten Nachtfalter tummelten sich im Lichtschein der Kerze. Ohne sich zu rühren, beobachtete er sie. Warum sollte er sie verjagen? Sie taten ihm ja nichts. Oder konnten sie etwas dafür, dass sie keine Schmetterlinge waren, sondern eher unschön aussahen mit ihren graubraunen Flügeln?

Ein Luftzug strich durch den Raum, die Kerze flackerte, die Falter flohen ins Dunkel. Also Ende im Gelände! Er blies die Kerze aus, verkroch sich tiefer in den Schlafsack und schloss die Augen. Und – kaum zu fassen – innerhalb von Sekunden war er eingeschlafen.

Schnee von gestern

Er war zu früh gekommen, die *Futterkiste* stand noch nicht auf ihrem Platz. Matti hatte das vorausgesehen, war aber doch losgefahren. Weil er ja nichts anderes zu tun hatte, und auch, weil er sich schon so auf das Gespräch mit der jungen Frau freute.

Aber jetzt? Wo sollte er hin in diesem Totendorf? – Hadscha Krey! Der alte Hadscha hatte ihn ja eingeladen, ihn mal zu besuchen. Und das ganz sicher ernst gemeint.

Er trat wieder in die Pedalen, fuhr am Haus von Inkas Großeltern vorüber und sah ihre Großmutter im Garten werkeln. Ihr straff nach hinten gekämmtes, im Nacken lose zusammengebundenes Haar war ein bisschen grauer geworden, sonst hatte sie sich kaum verändert. Die aufrechte Haltung, das herbe, von der vielen Gartenarbeit gerötete Gesicht, sogar die bunte Kittelschürze – alles wie vor vier Jahren.

Sollte er nach Inka fragen?

Besser nicht. Ihre Oma würde sich garantiert nicht mehr an ihn erinnern. Also würde er erst lange von sich erzählen und auch ihr die Geschichte vom Zelt im Wald auftischen müssen. Irgendwie ja doch eine ganz bescheuerte Story … Fast fluchtartig fuhr er an dem Garten vorüber – und das, obwohl Inkas Oma sich gerade in diesem Moment mal kurz aufrichtete, eine Hand in die Hüfte stemmte und ihm nachsah.

Verrückt! Erst vor zwei Tagen hatte er hier geklingelt und sogar in Inkas Fenster gespäht, und jetzt wagte er nicht einmal mehr, ihrer Oma Guten Tag zu sagen? Immer wieder machte er Sachen, die er sich im Nachhinein selbst nicht erklären konnte.

Hadscha Kreys Haus. Im Garten war niemand zu sehen, in dem kleinen Schuppen hinter dem mit rankendem Grün zugewachsenen Flachbau aber dudelte irgendwelche alte Schlagermusik und es wurde gehämmert.

Vorsichtig öffnete er die Gartentür – eine Klingel war nirgends zu entdecken –, schob sein Rad in den Garten und lehnte es an einen hohen Birnbaum mit noch sehr kleinen Früchten, um gleich darauf an die halb offene Schuppentür zu klopfen. Das Hämmern hörte auf, Schritte näherten sich. Ja, und dann stand er auch schon vor ihm, der alte Hadscha, Stiefel an den Füßen, ausgebeulte Jeans, Basecap im Nacken, Brille sägespäneverstaubt. Nur trug er an diesem Morgen keine Jacke und kein weißes Hemd, allein ein graublau verwaschenes, ebenfalls sägespäneübersätes und schon etwas löchriges Arbeits-T-Shirt umschlotterte seinen hageren, knochigen Oberkörper.

Und wie er sich freute! »Feine Überraschung! Jugendlicher Besuch am Vormittag, das hat was für sich! Na, komm schon rein, setz dich!«

Er schaltete das alte Dampfradio aus, das auf einem seiner Arbeitstische als Staubfänger diente, nahm von einem Stuhl ein paar Bretter und schob ihn Matti hin. »Hoffe, du hast ein bisschen Zeit mitgebracht, oder?«

Matti nickte erst mal nur still, nahm Platz und blickte sich in dem stark nach Holz und Leim riechenden, sehr geräumigen, aber ziemlich niedrigen Raum um.

Überall an den Wänden lag oder stand Holz herum. Balken und Bretter aus irgendwelchen Abrisshäusern? Die Mitte des Raumes wurde von zwei wuchtigen Werkbänken mit daran befestigten Schraubstöcken, dem Radio, einem großen Leimtopf und Unmengen von Werkzeugen ausgefüllt. Eine Bohrmaschine entdeckte er, mehrere, verschieden große Sägen und Hobel und diverse kleine und große Hämmer, Zangen und Schraubendreher. Bevor er kam, musste der alte Hadscha an einem frisch geleimten und mit Klemmen fixierten dickbohligen Tisch herumgewerkelt haben; ein Tisch, der aussah, als hätte er schon hundert Jahre auf dem Buckel und sollte nun noch weitere hundert Jahre Dienst tun.

Hadscha Krey ließ ihm Zeit für diesen Rundumblick. Noch immer froh über die unverhoffte Unterbrechung, steckte er sich eine der auf den Werkbänken schon gestopft bereitliegenden Pfeifen an, paffte ein paar Züge, wies auf seine Arbeit und erklärte: »Alles nur Gefälligkeiten, verdiene nichts daran. Aber verschafft mir Abwechslung.« Gleich darauf fragte er: »Willste 'n Bier?« Und ohne eine Antwort abzuwarten, griff er in den grünen Getränkekasten voller sägespänebesprenkelter Bierflaschen, der unter der linken Werkbank stand, und hielt Matti eine davon hin. »Ist zwar warm, weil ich kaltes Bier nicht mehr so gut vertrage, schmeckt aber trotzdem.«

»Hab noch gar keinen Durst«, wehrte Matti ab. Bier war ihm zu bitter. Er trank lieber »Cola ohne alles«.

»Durst? Um ein Bier zu trinken, braucht man doch keinen Durst.« Hadscha Krey schlug den Kronkorken an der Tischkante ab, setzte an und ließ es gluckern. Sein großer Adamsapfel hüpfte dabei auf und ab.

Wieder ließ Matti den Blick schweifen. Eine richtig gemütliche Werkstatt war das. Staubpartikelchen tanzten im Sonnenschein, der durch die nun weit offene Tür drang, und jetzt roch es nicht mehr nur nach Holz und Leim, sondern auch nach Hadscha Kreys Tabak.

Zufrieden seufzend wischte der Alte sich den Mund. »Na, hast du sie schon gesehen?«

»Wen?« Matti wusste sofort, wer gemeint war, war aber zu überrascht, um glauben zu können, was diese Frage versprach.

»Na, deine Inka, oder?«

»Nee, hab nur ihre Oma gesehen. Ist sie … ich meine, ist Inka denn gekommen?«

»Aber ja doch! Sicher schlafen se noch. Die beiden kamen gestern erst ziemlich spät hier an.«

Die beiden? »Ist ihr Vater dabei?«

»Vater?« Hadscha Krey paffte eine blaue Wolke in den Sonnenstrahl. »So alt ist das Bürschchen ja wohl doch noch nicht. Tippe eher auf Freund. Langer, blonder Schlaks mit Zausebart, mindestens eins neunzig, wenn nicht noch länger.« Sagte es und zwinkerte Matti verschwörerisch zu.

»Aber wenn du dir 'n bisschen Mühe gibst – Konkurrenz belebt das Geschäft.«

Was sollte denn das? *Seine* Inka! Und *Konkurrenz*? »Inka ist doch gar nicht meine *Freundin*. Kenne sie nur von früher ... Als wir noch Kinder waren ...«

»Hast sie aber in guter Erinnerung, oder?« Wieder dieses verständnisvoll-verschwörerische Zwinkern.

Darauf gab's nichts zu erwidern, wenn er nicht lügen wollte.

»Tscha, die Sache mit den Mädchen!« Hadscha Krey schien das Gespräch zu gefallen. Er befreite einen zweiten Stuhl von all dem Krimskrams, der darauf lag, rückte ihn näher an Matti heran und setzte sich ihm direkt gegenüber, in der einen Hand die Pfeife, wenn er sie denn mal aus dem Mund nahm, in der anderen die schon fast leere Bierflasche. »Ist ja oft schön mit ihnen, noch öfter allerdings sorgen se für Probleme. War früher schon so und wird so bleiben ... Aber unter uns Männern, eine Regel solltest du dir merken: Wenn dir eine gefällt, dann darfst du nicht zu früh kapitulieren. Die Frauen haben's gern, wenn um sie gekämpft wird.«

»Kann ich nicht doch 'n Bier haben?« Er musste Hadscha Krey von diesem Thema abbringen. »Hab jetzt doch Durst.«

Im Nu schnappte sich der alte Hadscha eine zweite Flasche, öffnete sie und reichte sie Matti. »Na, denn Prost, Kollege! Zu zweit schmeckt's besser ... Tscha, und noch mal: Sei bedankt für dein Kommen! Scheint ja 'n richtig schöner Tag zu werden heute, oder?«

Matti trank nur einen kleinen Schluck von dem ungekühlten und deshalb noch bitterer als sonst schmeckenden Bier, dann setzte er die Flasche wieder ab. »Die alte Frau gestern«, begann er, um nicht wieder über Inka reden zu müssen, »ich meine, die, die gestern beerdigt wurde, was war denn mit der? Über die wurde vor der *Futterkiste* richtig gestritten.«

»Die Marie Leitner?« Der alte Hadscha krauste die Stirn. »Tscha, über die darf jeder seine eigene Meinung haben. Mich jedenfalls – das weiß das ganze Dorf – hat sie in den Knast gebracht … Ist zwar schon 'n Weilchen her, aber deswegen nicht weniger wahr.«

Beinahe wäre Matti die Flasche aus der Hand gefallen. Ungläubig starrte er den alten Hadscha an. In den Knast? Also ins Gefängnis?

»Kann dir leider nichts anderes berichten.« Hadscha Krey zuckte die Achseln, seufzte tief und nickte danach mehrmals, wie um seine Worte damit noch mal zu bekräftigen. Gleich darauf begann er zu erzählen.

Er war in Schwerin aufgewachsen, hatte Autoschlosser gelernt – »heute nennt man so was ja *Kfz-Mechatroniker*« – und war, nachdem er einige Jahre in einer Schweriner Autowerkstatt gearbeitet hatte, nach Windeck gekommen, um die Leitung der örtlichen Maschinen- und Traktorenstation zu übernehmen. »Fachleute wurden gesucht und nicht schlecht bezahlt, oder? War ja nicht jeder scharf darauf, aufs Land zu ziehen. Doch für mich – 'ne feine Sache! Die Marie, damals noch 'ne junge, nicht wenig stattliche Frau, war unsere LPG-Vorsitzende.«

Er bemerkte Mattis fragenden Blick, nahm einen Schluck aus der Flasche und erklärte ihm bereitwillig, dass unter *LPG* zu jener Zeit *Landwirtschaftliche Produktionsgenossenschaften* verstanden wurden. »Allen sollte alles gehören. Was bedeutete, dass es keine Felder und kein Vieh und keine Landmaschinen in Eigenbesitz mehr gab. Was erwirtschaftet wurde, kam in den großen Topf. Gefiel natürlich nicht jedem, war ja 'ne staatlich angeordnete Zwangsgemeinschaft und am Ende auch nicht gerade sehr erfolgreich … Konnte ja auch nicht klappen. Wenn die eigenen Interessen zu kurz kommen, reißt sich doch keiner 'n Bein aus, oder? Tscha, und der so gern lästernde Mittelstürmer Hadscha fand es nun mal angebracht, sich über diese Art von sozialistischer Arbeitsmoral ab und zu lustig zu machen.«

Aufmerksam sah er Matti an. »Willste 'nen Witz hören? Was macht der LPG-Bauer nach Feierabend? Er nimmt die Hände aus den Taschen …« Er kicherte. »Tscha, so war das eben damals. Hatte in meiner Jugend 'n lockeres Maul. Die strenge Marie – die Partei, musst du wissen, war ihr Ein und Alles – erfuhr davon, verwarnte mich einmal, verwarnte mich zweimal. Bis ihr eines Tages der Kragen platzte und sie mich bei ihren Genossen anschwärzte. Und das, obwohl sie sich damit ins eigene Fleisch schnitt. Denn was passierte? Der freche Hadscha kam in den Knast – und jetzt hatte die Traktorenstation mehrere Jahre lang keinen Leiter mehr … Oder richtiger: Sie hatte einen, aber der konnte es nicht. Und die Marie hatte das vorher gewusst und sich diese *Erziehungsmaß-*

nahme trotzdem nicht verkneifen können ... Aber was soll's, Denunzianten blühen in jedem Garten. Werden se gehegt und gepflegt, erntet man die ergiebigsten Früchte.«

»Aber darf man denn jemanden einsperren, nur weil er Witze erzählt hat?« Matti hatte über die früheren beiden deutschen Staaten schon so manches gehört, aber dass man im Osten wegen ein paar Witzen ins Gefängnis kam?

Hadscha Krey nahm seine Basecap ab, um sich besser am Kopf kratzen zu können, dann setzte er sie wieder auf. »Schwer zu kapieren, das Ganze, ich weiß. Es gab da aber nun mal so 'n paar unfreundliche Paragrafen im Strafgesetzbuch – zum Beispiel ›staatsfeindliche Hetze‹, ›öffentliche Herabwürdigung‹ und so weiter. Der Richter, der mich verknackte, zählte sie mir an den Fingern auf. Gegen fast jeden davon hatte ich verstoßen ... Man spuckt nicht in den Brunnen, aus dem man trinkt, warf er mir in seiner Urteilsverkündung vor. Ich aber, jung und frech, musste wohl spucken. War eben nicht so ganz mein Brunnen, aus dem ich da trinken sollte.«

Eine Weile schwieg er, dann sah er Matti fest in die Augen. »Stell dir vor, da steht jemand auf einer Tribüne und redet irgendeinen Blödsinn. Alle wissen, dass er ihnen nichts als tote Flöhe ins Ohr pustet, doch sie klatschen ... Du aber schaffst das nicht. *Kannst* das nicht. *Willst* das nicht. Und irgendwann wirst du böse und sagst, was du über all diesen Zinnober denkst. Das nimmt man dir übel und schon sitzt du in einer Zelle. Und willst du danach noch immer nicht, wie die anderen wollen, dann sitzt du deine anderthalb Jahre ab. Und das bis zur letzten Minute.«

Eine irre Geschichte! Aber ganz sicher wahr. So etwas dachte sich doch keiner aus. »Und wie war's im Gefängnis? Ich meine, war's sehr schlimm?« Matti brauchte eine Weile, bis er es wagte, diese Frage zu stellen. Vielleicht sprach der alte Hadscha ja nicht gern darüber.

»Wie's war? Na, sagen wir mal so: Wenn du im Gefängnis sitzt, wird deine Welt plötzlich sehr klein, und die Welt draußen, an die du Tag und Nacht denkst, während du in deiner Zelle schmorst, erscheint dir mit jedem Tag mehr nicht nur lebens-, sondern vor allem anderen auch noch sehr viel liebenswerter … Mal sehnste dich nach einem Baum, mal nach 'ner Wiese, 'nem See oder Fluss. Sogar nach dem allergewöhnlichsten Menschengetümmel sehnst du dich. Damit wird manch einer nicht fertig. Er hadert mit sich und der *Schuld*, die er glaubt auf sich geladen zu haben, verliert jedes Selbstbewusstsein … Was mich betrifft«, der alte Hadscha straffte sich, »war das allerdings 'n bisschen anders. Hab in meiner Zelle ja auch viel gelernt. Über mich, über den Staat, in dem ich lebte, und am meisten über alle die, die jeden verfluchten Scheiß, der von oben kommt, zu ihrem machen, bloß damit ihnen keiner was tut oder sie einen Vorteil davon haben.«

»Und die Bauern, denen mal die Felder gehört hatten, die haben sich die einfach wegnehmen lassen?« Matti wunderte sich immer mehr über diese Geschichte, fand sie aber sehr interessant.

»Na, *einfach* nun gerade nicht.« Hadscha Krey trank seine Flasche leer. »Aber was sollten se denn machen? In den Fünfzigern, ja, da sind viele lieber in den Westen abgehauen, als ihre Höfe freiwillig herzugeben. In den Sechzigern ging das nicht mehr, da waren die Grenzen dicht, oder? Übrigens: Ich wollte nie weg, war hier ja zu Hause. Außerdem«, – mit einem Mal grinste er wie ein Kater, der eine Maus gefangen hat –, »außerdem gab's da ja 'ne Frau, von der ich nicht wegwollte.«

Klang alles wie in einem Science-Fiction-Roman: Auf einem fremden Stern leben Menschen, die einer höheren Macht zu gehorchen haben. Mucken sie auf, werden sie bestraft.

»Weißt du«, Hadscha Krey betrachtete das Etikett der leeren Flasche in seiner Hand, als sähe er es zum ersten Mal, »die Welt ist nicht fehlerlos ... Gab schon immer viel Unschönes, Ekliges, Hässliches, ja, sogar Mörderisches. Meine Wenigkeit hat nicht viel Grund, sich zu beschweren. Vor meiner Zeit, unter den Nazis, da war ja alles noch viel, viel schlimmer. Wäre ich zwanzig oder auch nur zehn Jahre früher auf die Welt gekommen, wer weiß, ob ich dann so alt geworden wäre, wie ich jetzt bin.«

Einen Moment lang sinnierte er still vor sich hin, dann zog er sich seine Basecap so tief in die Stirn, als wollte er sich in eine Festung zurückziehen. »Hab mir in den letzten Jahren so 'n paar goldene Lebensregeln zurechtgelegt. Erstens: Man muss die Menschen nehmen, wie sie sind. Und warum? Weil sie sich ja doch nie ändern werden. Zweitens: Was vorbei ist, ist vorbei. Zwar soll man nichts vergessen, aber die verlorenen Schlachten von gestern im Nachhinein doch noch gewinnen wollen, so was zeugt nicht von allzu viel Intelligenz.«

Dazu fiel Matti nichts ein, und der alte Hadscha erwartete auch keinerlei Reaktion. »Solche wie die Marie«, fuhr er bald fort, »haben an die schöne Theorie der Fürsten ihrer Partei geglaubt … Wer will, kann sie als dumm oder blind bezeichnen, ehrenrührig aber, nein, ehrenrührig war das nicht. Diejenigen, die in all diesen Jahren ihrer Ehre verlustig gingen, das waren andere – nämlich all die Jasager und Abnicker, die eigentlich klüger waren und nicht auf ihre Privilegien verzichten wollten, sondern es sich auf dem weichen Teppich der Gunst ihrer Fürsten gemütlich machten. Die sogenannten Klugen, *das* waren die eigentlich Dummen. Weil sie nicht bedachten, dass ihre Fürsten ja vielleicht nicht ewig ihre Fürsten bleiben würden … Heute wärmste dich an ihrem Ofen, morgen stehste nackt im Wind. Von Moral wollen wir im Fall dieser Herrschaften lieber erst gar nicht reden, oder?«

Schweigen. Bis der alte Hadscha sich seufzend in seinem Stuhl zurücklehnte. »So! Nun hast du se gehört, eine von diesen blöden alten Geschichten, die für so junge Leute wie dich ja doch nur Schnee von gestern sein können. Aber wer fragt, der muss ja wohl 'ne Antwort bekommen, oder?«

Eine halbe Entschuldigung, die, wie Matti fand, gar nicht notwendig gewesen wäre. »Und nach dem Gefängnis«, hakte er nach. »War danach alles wieder okay?«

»Na ja, nicht so ganz. Wollte ja weiter mein eigenes Leben leben.« Hadscha Krey sah seinen Bierkasten an, als überlegte er, ob er jetzt, am frühen Vormittag, noch eine Flasche trinken sollte. Verzichtete dann aber darauf.

»Wahrhaft frei«, fuhr er schließlich fort, »ist ja letzten Endes nicht der, der alles darf, sondern eigentlich nur der, der sich auf nichts einlässt, was ihm widerstrebt. So hab ich's bis heute gehalten, und wer so denkt, der eckt eben öfter mal an. Die Marie aber – jede Wette! – hat unter meinen anderthalb Jahren Knast mehr gelitten als ich. Bin mir sicher, dass sie's sich schon bald übel genommen hat, dass sie mich da reingebracht hatte.«

Wieder schwiegen beide, bis Matti auf seine Uhr sah. Die *Futterkiste,* sie musste inzwischen längst eingetroffen sein. »Muss jetzt los, noch 'n bisschen was einkaufen.« Er stand auf.

»Bei der Bloomschen?« Der alte Hadscha freute sich. »Ist 'ne tolle Frau, oder? Steht fest im Leben, wie's so schön heißt.«

»Waren Sie, ich meine, waren Sie denn eigentlich nie verheiratet?« Eine Frage, die Matti schon lange im Kopf herumging.

»Na ja, nicht gerade verheiratet«, so die trockene Auskunft, »nur verliebt. *Böse* verliebt sogar, wie ich dachte bereits angedeutet zu haben.« Er machte wieder sein Katergesicht. »Tscha, und weil ich nun mal in die eine so sehr verliebt war, hab ich – jedenfalls auf Dauer – keine andere haben wollen. War eben auch in dieser Hinsicht ein verdammt sturer Hund.«

Matti stand da und wartete. Da musste doch noch etwas kommen.

»Willste nicht wissen, in wen?« Hadscha Krey grinste noch breiter.

»Kenne die Leute hier ja gar nicht.«

»Also haste doch nicht so gut zugehört, wie ich dachte.« Hadscha Krey spielte den Enttäuschten. Lachte dann aber. »Na, in wen denn schon? In die Marie natürlich. Bis zu dem Tag, an dem sie mich anzeigte, waren wir ein Paar. Allein ihretwegen bin ich nach dem Knast in dieses Kaff zurückgekehrt.«

»Ehrlich?« Verdutzter hätte Matti nicht sein können.

»Viel ehrlicher geht's nicht.« Der alte Hadscha schob mal wieder seine Basecap hin und her, bis er die Achseln zuckte. »Hab sie eben geliebt, die Marie. Geliebt wie die Pfaffen den lieben Gott. Und sie leider ebenso wenig verstanden … Tscha, und ihr, ihr wird's ähnlich ergangen sein. Obwohl sie ja dann, während ich im Knast saß, den Herrmann geheiratet hat. Der lag auf ihrer Linie … Dass ich trotz allem nach Windeck zurückkehren würde, nee, damit hatte se ganz bestimmt nicht gerechnet. Hab ich aber getan. Um dann all die Jahre lang als lebender Vorwurf an ihr vorüberzuspazieren, und das ganz egal, wie böse ihre schönen blauen Augen mich anblitzten. Ich blieb und blieb – ein Rachefeldzug, der nicht enden wollte.«

Sagte es und machte mit einem Mal ein Gesicht, als spüre er einen bitteren Geschmack auf der Zunge. Und als er danach den Kopf schüttelte, galt es wohl nur sich selbst.

Das Haus von Inkas Großmutter … aber Inka war nirgends zu sehen. Nicht mal ihre Großmutter werkelte noch irgendwo im Garten.

Langsam, sehr langsam fuhr Matti an dem Grundstück vorüber. Wie wünschte er sich, Inka zu sehen. Und das, obwohl er Angst vor ihrer ersten Begegnung hatte: Wenn nun ihr Freund dabei war? Was sollte er dann sagen? Erst recht, wenn sie ihn nicht wiedererkannte?

Erleichtert, ihr Wiedersehen noch ein bisschen aufschieben zu können, radelte er weiter, bis er an dem Platz vor der Kirche angekommen war. Vor der *Futterkiste* stand niemand, so konnte er bis vor die offene Verkaufsklappe fahren. Elena, auf ihrem Hocker sitzend und in einem Buch lesend, lächelte ihm schon entgegen. »Na, Besen abholen?«

»Guten Morgen!« Er lächelte zurück, als würden sie sich schon seit Jahren kennen.

»Mahlzeit!« War ja längst Mittagszeit, für einen Guten-Morgen-Gruß viel zu spät.

»Was lesen Sie denn da?« Beste Gelegenheit, mit ihr ins Gespräch zu kommen.

Sie legte einen Zettel ins Buch, damit sie die Stelle wiederfand, bis zu der sie gekommen war, schlug es zu und legte es weg. »Was Altes.«

»Wie alt denn?«

»Na, so etwa hundertfünfzig Jährchen werden es schon sein.«

»Und wie heißt das Buch?«

»*Verlorene Illusionen.*«

»Kenne ich nicht.«

»Kennen sowieso nur die wenigsten. Erst recht in deinem Alter.« Sie schob den bestellten Besen über den Verkaufstresen und tippte den Preis in ihren Taschenrechner. »Zehn Euro zwanzig das gute Stück.«

In etwa der Preis, mit dem er gerechnet hatte. Matti akzeptierte ihn kommentarlos. »Und von wem ist das Buch?«

»Von einem großen Meister, Balzac heißt er«, reimte sie.

Den Namen hatte Matti schon mal gehört, doch nie ein Buch von diesem Autor gelesen. Aber er las ja sowieso nicht viel. »Und was lernt man von dem *großen Meister*?«

»Na, zumindest das Eine: dass das Schöne nicht immer gut und das Gute nicht immer schön ist.«

»Mehr nicht?« Er spielte weiter den Nice Guy aus der Fernsehserie. »Und gibt's denn da gar keine Ausnahmen?«

Sein Grinsen verriet ihr, dass er sie meinte. Nachdenklich musterte sie ihn. »Wenn ich *nicht immer* sage, dann beinhaltet das ja, dass es hin und wieder Ausnahmen gibt. Allerdings: Über Schönheit lässt sich's streiten, ich möchte da lieber in keiner Jury sitzen.«

Sie lächelte mal wieder ihr Elena-Lächeln. »Man kann aber auch sonst 'ne Menge vom alten Balzac lernen. Immerhin haben seine Bücher bis heute überlebt, was man nicht von jedem Schreiber sagen kann.« Sie tippte auf ihr Buch. »Wer das liest, der darf sich wundern. Vor allem darüber, dass sich seither ja gar nicht so viel verändert hat. Oder hat die Jagd nach dem Glück durch Geld inzwischen etwa ihr Ende gefunden? – Weil wir aber gerade von Geld reden«, unterbrach sie sich, »was brauchst du denn heute noch so alles, mal abgesehen von deinem Zauberbesen?«

»In der Hauptsache was zu futtern.«

»Na, dann raus mit der Sprache! Bevor der große Ansturm einsetzt.« Eine Befürchtung, die er nicht ernst nehmen musste. Nach einem großen Ansturm sah es im Moment wirklich nicht aus.

Er verlangte ein Brot, verschiedene Wurstsorten und mal wieder zwei Dosensuppen; einmal Tomaten-, einmal Gulaschsuppe. Bis Freitag, wenn sie wiederkam, musste das reichen.

Sie legte alles auf den Verkaufstresen, er verstaute seine Schätze in den Gepäcktaschen, band den Besen am Fahrradrahmen fest und wollte gerade bezahlen, um danach noch ein bisschen über was anderes mit ihr reden zu können, als eine Stimme im Rücken ihn aufschrecken ließ. Eine Mädchenstimme. »Hallo, Elena!«, sagte das Mädchen. »Na, alles bestens?«

»Noch besser wäre unverschämt.« Elena streckte die Hand über den Tresen, um der, die da so plötzlich hinter Matti aufgetaucht war, die Hand zu drücken.

Ein kurzer Blick über die Schulter – und es überrieselte ihn: Sie war es! Inka! Groß geworden, die nussbraunen Haare igelkurz geschnitten, in engen Jeans und ärmellosem gelbem T-Shirt stand sie hinter ihm. Und der Basketball-Riese neben ihr – strähniges, blondes Haar, dünner Bartflaum, Brille, etwa siebzehn –, das musste der Freund sein, von dem der alte Hadscha gesprochen hatte.

»Hallo!« Vorsichtig lächelte Matti Inka an. Beste Chance, wiedererkannt zu werden.

»Hallo!« Befremdet von dieser freundlichen Begrüßung, taxierte sie ihn – und wandte sich danach wieder

Elena zu. »Dass du immer noch herkommst! Lohnt sich das denn?«

»Wenn *ich* nicht mehr komme, passiert hier doch gar nichts mehr. Woanders genauso.« Elena wies auf Matti. »Gerade haben wir uns über die allgemeine Jagd nach dem Geld unterhalten und uns entschieden, nicht mitzujagen. Solange es für die Miete und 'ne warme Mahlzeit reicht, ist alles im Lot.«

Wieder warf Inka Matti einen Blick zu – aber nein, da war kein Funke des Wiedererkennens zu entdecken. »Wohnst du denn immer noch mit Stefan zusammen?«

»Stefan?« Elena machte eine Handbewegung, als wollte sie etwas fortwischen. »Den hab ich verabschiedet. Der braucht keine Frau, der braucht nur Service. Versuch's gerade mit 'nem Neuen, Jan heißt er.«

»Entschuldige!« Inka schob den Basketballer nach vorn. »Hab ja jemand mitgebracht. – Das ist Mark. Wir machen ein paar Tage Ferien bei Oma. Danach wollen wir weiter: Frankreich, Spanien, Portugal. Alles per Bahn. Gibt zurzeit so günstige Tickets.«

»Hallo!«, sagte der Lange und nickte freundlich.

»Hallo!«, grüßte Elena zurück. Dann aber wollte sie wissen: »Und dein Vater erlaubt das?«

»Klar«, sagte Inka nur. »Muss er ja.« Und sah wieder Matti an. Jetzt aber schon deutlich missbilligend. Er stand noch immer vor dem Verkaufstresen, obwohl er inzwischen längst bezahlt hatte. »Noch was vergessen? Oder sind wir jetzt dran?«

»Nee, nee! Hab alles.« Rasch bestieg er sein Rad, und

dann jagte er davon, als säße ihm irgendein Teufel im Nacken.

Eine feige Flucht, nichts anderes. Aber hätte er sich denn zu erkennen geben dürfen? Was, wenn Inka dann nur gekuckt hätte, als wäre ihr ein toter Vogel vor die Füße gefallen? In ihren Augen, da war ja vielleicht auch er nichts anderes als Schnee von gestern.

Ganz oben, ganz unten

Er hätte den Besen lieber doch nicht kaufen sollen. Mehr als die Fenster abfegen konnte er damit nicht. Um den Fußboden frei zu bekommen, hätte er eine große Schaufel gebraucht, so hoch lagen Schutt und Laub und all die Pflanzen, die er ausgerissen oder abgeschnitten hatte. Zehn Euro zwanzig für nichts und wieder nichts, denn eigentlich hatte er den Besen ja für den anderen, besser überdachten Raum haben wollen. Und waren die Fenster nach seiner wilden Fegerei etwa sehr viel durchsichtiger geworden?

Er war ein solcher Vollpfosten, schlimmer ging's nicht. Was hatte er sich da nur eingeredet? Nach Windeck fahren, über vieles nachdenken, Inka wiedersehen! Und? Hatte er inzwischen schon irgendwas besonders Kluges gedacht? Zwei lahme Mails hatte er losgeschickt; *Botschaften,* die er den Eltern und Jessy auch zu Hause hätte auf den Tisch knallen können. Und dazu jetzt auch noch die allergrößte Pleite: das Wiedersehen mit Inka! Wie einen x-beliebigen Dorftrottel, der ihr im Weg stand, hatte sie ihn angesehen. Keine Spur des Wiedererkennens, nicht die leiseste Ahnung, wer da vor ihr stand, hatte sie gehabt …

Matti musste sich auf die Zähne beißen, um vor Zorn und Frust nicht loszuheulen … Als hielte er eine Giftschlange in der Hand, so plötzlich warf er den Besen weg, lief vor die Tür, schwang sich aufs Rad und raste davon.

Das musste jetzt sein. Er musste sich bewegen, irgendwas anderes zu sehen bekommen. Hier bedrückte ihn alles: die Ruine, der so üppig wuchernde Wildwuchs, sogar die beiden Linden, in denen wieder jede Menge Vögel tschilpten, wie um ihm zu beweisen, dass in Wahrheit ja nur sie hierhergehörten …. Treten, treten, treten, sich Luft verschaffen. Größte Wut, höchster Gang!

Die Felder und Wiesen, Viehweiden und ersten Höfe flogen vorüber, er beachtete sie gar nicht. Um den Windecker Ortskern machte er einen großen Bogen. Bloß nicht noch mal auf Inka stoßen! Wie weit war es denn bis zur Ostsee? Etwa zwanzig Kilometer, wenn er sich richtig erinnerte. Die schaffte er! Die schaffte er locker!

Wie lange die Fahrt dauerte, bekam Matti nicht mit. Er hatte, als er sich aufs Rad schwang, nicht auf die Uhr geschaut. War ja auch völlig egal; was hätte er denn sonst mit seiner Zeit anfangen sollen? Etwa auf der alten Holzbank sitzen und vor Zorn auf sich selbst vor sich hin dampfen? Und nun hatte er ihn ja auch schon erreicht, diesen schicken Badeort an der Ostsee, in dem die Eltern und er sich nie lange aufgehalten hatten, weil es Silvia und Eddie hier viel zu unruhig gewesen war.

Die Straßenbäume standen in Reih und Glied, wie zum Appell angetretene Soldaten; auf einer Pferdewiese tummelten sich mehrere große, sehr schöne Tiere. Sie blickten ihm nach, während sie sich mit dem Schweif all der Fliegen erwehrten, die ihr warmes Blut angelockt hatte. In ihrer Mitte – wie aus einem Bilderbuch abgemalt – ein Storchenpaar auf der Suche nach Nahrung.

Villen, Ferienhäuser, Hotels und Pensionen folgten; alles, was zu so einem Badeort gehörte. Die meisten Häuser mussten erst vor Kurzem frisch renoviert oder von Grund auf saniert worden sein; gelb, zartgrün oder hellrosa glänzten sie in der Sonne. – Nein, das hier war kein Windeck; wer hier Häuser besaß, auf dessen Bankkonto stand das Komma ziemlich weit rechts.

Am Ende der Straße – der lange Sandstrand. Wie hier die Ostsee in hohen Wellen ans Ufer rauschte und die bunten Strandkörbe sich über mehrere Hundert Meter nach rechts und links ausbreiteten … Im Wasser Unmengen von Badenden, darunter viele Kinder, die vor Begeisterung schrien.

Eine richtige Sommer-Sonne-Strand-Postkartenidylle. Matti sah lieber nicht länger hin. Je weiter er an der Strandpromenade entlangfuhr, desto verlassener fühlte er sich. Obwohl das natürlich großer Quatsch war. Wer hatte denn wen *verlassen*, die Eltern ihn oder er die Eltern? Jessy, ja, die hatte ihn *verlassen*. Aber wenn er ehrlich war, an Jessy dachte er in diesem Augenblick am allerwenigsten – er dachte an Inka. Und das war doch erst recht bescheuert. Inka hatte ihn ja nicht mal wiedererkannt, wie hatte sie ihn da *verlassen* können? Also: Was durfte er ihr vorwerfen? Etwa, dass sie diesen Mark angeschleppt hatte, weil er, wenn der nicht dabei gewesen wäre, sich ihr ja sicher doch zu erkennen gegeben hätte? Sie war sechzehn, da durfte sie doch wohl einen Freund haben, er war doch auch mit Jessy zusammen gewesen.

Einziger größerer Unterschied – aber vielleicht war es ja gerade das, was ihn so stinkig machte: Er hatte Inka trotzdem nie so richtig vergessen können, hatte in all den Jahren immer wieder mal an sie gedacht. Sie aber musste ihn völlig aus ihrem Gedächtnis gestrichen haben. Und er Idiot hatte sich eingeredet, dass er nur wieder aufzutauchen brauchte und alles wäre wieder wie damals.

Jetzt rechts das Meer, links die Strandrestaurants. Manche waren richtige Prunkburgen. Dort, in diesem schneeweißen *La Paloma,* hatten die Eltern und er mal Mittag gegessen und über die hohen Preise gestaunt … Ein Erinnerungsbild, das er bis in den Magen spürte. Seit dem frühen Morgen hatte er nichts Richtiges mehr gegessen; dieses blöde Wiedersehen mit Inka hatte ihm jeden Appetit verdorben. Doch Würstchenbuden gab's hier nicht, nur Cafés und Restaurants, und die waren alle nicht billig.

Er fuhr noch zwei-, dreihundert Meter weiter – und durfte aufatmen: Ein *McDonald's.* Ein Hamburger kostete nicht die Welt und die Cola dazu auch nicht. Schon wollte er absteigen und sein Rad an einem Zaun anschließen, als zwei andere Radler ihn überholten – zwei, die ganz offensichtlich ebenfalls auf Hamburger Appetit hatten: Inka und Mark.

Wie ihm da der Schreck in die Glieder fuhr! Eine zweite solche Begegnung an diesem Tag? Das hatte ihm gerade noch gefehlt. Gleich trat er wieder in die Pedalen, doch hatte Inka in ihm längst den komischen Typ wiedererkannt, der vor der *Futterkiste* so freundlich gegrüßt hatte, obwohl sie ihn doch gar nicht kannte. Sie bremste und stieg ab, und dann lächelte sie ihm zu, als wollte sie irgendwas wiedergutmachen. »Hallo! Auch hier?«

Am liebsten hätte er darauf etwas ganz Doofes geantwortet. Aber dann nickte er nur stumm, kurvte um sie herum und fuhr weiter. Fuhr und fuhr und bemühte sich, kein einziges Mal zurückzublicken.

Erst als er sicher war, dass die beiden längst im *McDonald's* verschwunden waren, stieg er ab, um sich auf eine freie, strahlend weiße Bank zu setzen, die wohl erst vor Saisonbeginn frisch gestrichen worden war. Rechts und links von ihm in allen Farben blühende Blumenbeete. Ja, und da saß er dann und hätte sich vor Wut auf sich selbst mal wieder in den Hintern beißen können: Was für eine günstige Gelegenheit hatte er da vertan! Er hätte doch lieber irgendwas sagen sollen, nur eben nichts Doofes, sondern eher etwas Lustiges. Die Inka vor dem *McDonald's* hatte ihn ja schon ganz anders angeschaut als die vor der *Futterkiste* … Und, ja, sie sah gut aus. Wirklich gut! Aus dem Mädchen mit den Streichholzbeinen war ein echter Hinkucker geworden; zwar kein Star wie Jessy, aber eine, die auf jedem Schulhof auffiel: dieser kurze, braune Pixie Cut, der ihr etwas Freches verlieh, die irgendwie ziemlich klug und leicht spöttisch blickenden Augen … Kein Wunder, dass der Lange mit dem Möchtegernbart auf sie stand.

Eine Schar Möwen begann ihn zu umkreisen, alles noch sehr junge Tiere. Ob sie sich was zu fressen von ihm erhofften? Sie schrien und kreischten und kamen immer näher. Besser, er fuhr weiter. Wenn er nicht aufpasste, schissen sie ihn von oben bis unten zu. Was er ja auch irgendwie verdient hätte.

Doch wohin?

Am besten erst mal weiter an der See entlang. Hier wehte heute, wo sich die Luft immer mehr mit Hitze auflud, wenigstens ein leichter Wind.

Blind für all das Treiben um sich herum, radelte Matti vor sich hin, bis es plötzlich dunkel um ihn wurde. Ohne es so richtig mitzubekommen, war er in einen Wald geraten. Hohe Kiefern säumten seinen Weg. Rasch kehrte er um. Sein Hunger war nicht kleiner geworden. Und Inka und ihr Freund mussten den *McDonald's* doch inzwischen längst verlassen haben.

Die Heimfahrt nach Windeck ließ er langsamer angehen. Ihn zog nichts in seine Ruine. Außerdem war es inzwischen so heiß und schwül geworden, dass die Luft über dem Straßenpflaster flimmerte. Ein Richtungspfeil, der *Seldwitz 3 km* anzeigte, ließ ihn anhalten.

Warum sollte er nicht mal am Seldwitzer See vorbeischauen? Zwar hatte er seine Badehose in der Ruine gelassen, doch an einer entlegenen Stelle mal kurz ins Wasser springen, um sich abzukühlen, wäre das nicht was? Er bog ab und wurde wieder etwas schneller, da er ja nun ein Ziel hatte. Bald hörte er den Lärm von der großen Badewiese her. Da war er mit den Eltern mal gewesen. Ein ziemlich weitflächiger, sehr klarer, freundlicher See lag hier im

Wald versteckt. Silvia, Eddie und er, mehr als einmal hatten sie ihn schwimmend umrundet. Und auf der Badewiese gab's Büsche und Bäume, hielt er sich weit genug abseits, brauchte er keine Badehose.

Aber nein, Pech gehabt, alles hatte sich verändert: Die Wiese am See war jetzt eingezäunt, es gab ein grünes Kassenhäuschen und gleich daneben eine Eingangspforte mit einem riesigen, weißen, schwarz beschrifteten Holzschild, das verriet: *3 Euro Eintritt; Kinder unter vierzehn: 1 Euro.*

Verdutzt starrte er die junge Frau im Kassenhäuschen an: Durfte so was denn sein, ein bisschen im Wasser planschen drei Euro? Der See war doch kein Hallenbad, wer durfte hier Eintritt verlangen?

Unter den Preisen stand es: *Gemeinde Seldwitz.*

Ein echt *seltener Witz* war das. Aber nein, da spielte er nicht mit, lieber radelte er zur anderen Seeseite hinüber; er warf doch keine drei Euro weg.

Er fuhr weiter, und richtig, auf der gegenüberliegenden Seite des Sees wurde das Ufer allein von Bäumen, Büschen und Schilf umsäumt. Er fand eine kleine, von einem dichten Schilfgürtel umgebene Bucht, in der er über einen brüchigen Holzsteg in den See gelangen konnte, lehnte das Rad gegen einen Baum, zog Schuhe und Strümpfe aus und krempelte seine Jeans hoch. Und dann setzte er sich erst mal nur auf den Steg, um sich die Füße vom Wasser umspülen zu lassen.

Wie still es hier war, der Lärm von der Badewiese her klang nur gedämpft herüber. Eine leichte Brise ließ das

Schilf rascheln, Seerosen wiegten sich im Rhythmus der Wellen, blau glitzernde Libellen auf der Jagd nach Mücken oder Bremsen schwirrten übers Wasser. Und im nahen Wald tirilierte sich ein Vogel die Kehle aus dem Hals.

Nicht lange und er wurde müde. Die Radtour forderte ihren Preis. Also legte er sich am Ufer ins hohe Gras und ließ es zu, dass ihm die Augen zuklappten.

Bald sah er sich selbst im Gras liegen, aus der Adlerperspektive, so wie tags zuvor schon einmal auf der Holzbank hinter seiner Ruine. Was machen wir eigentlich hier, fragte der Matti da oben den Matti im Gras. Doch der Matti im Gras wusste keine Antwort, wunderte sich nur, dass er sich selbst sehen konnte. Und das auch noch von so weit oben. War das wieder so ein irrer Traum?

Er riss die Augen auf und atmete schwer. Auf dem Steg hatte er die schwülheiße Luft nicht ganz so drückend empfunden, im dichten, hohen Gras erschien sie ihm fast unerträglich. Dazu das eintönige Gesumm der Insekten, die Augen klappten wieder zu – und erneut sah er sich selbst. Aber diesmal von sehr tief unten her, aus der Mäuse- oder Hamsterperspektive. Um ihn herum nichts als eine von der Sonne ausgedörrte Ebene. Er musste sich in einem tropisch heißen, sehr fremden Land befinden … Aber wieso bestand er denn nur aus seinem Kopf? Er musste doch einen Körper haben, ein Kopf allein war ja gar nicht lebensfähig.

Er versuchte, die Arme zu bewegen – es ging nicht. Also hatte er wirklich keine? Und auch keine Beine? Doch nein, sein Körper, jetzt begriff er es, steckte bis zum Hals im Sand. Jemand hatte ihn eingegraben …

Unmöglich, sich aus dieser Lage zu befreien. Er musste um Hilfe rufen. Aber wer hätte ihn denn hier hören sollen? War ja weit und breit kein Mensch zu sehen.

Die Furcht riss ihn in die Wirklichkeit zurück, Schweißperlen standen ihm auf der Stirn, er keuchte. So ein Scheiß! Was für ein irrer Alptraum! Und das am helllichten Nachmittag …

Längere Zeit lag er wie betäubt da, dann sprang er auf. Er musste in den See, sich auf normale Betriebstemperatur abkühlen. Blick nach links, Blick nach rechts und schon zog er sich aus und raste mit vollem Anlauf über den Steg, um sich kopfüber in den See zu stürzen.

Vier, fünf Meter tauchte er, dann schwamm er quer über den See und danach eine volle Runde immer am Ufer entlang …

Die Welt ist weit

Jetzt war er doch in Windeck gelandet, obwohl er eigentlich nicht vorgehabt hatte, so schnell wieder in den Ort hineinzufahren. Als er an dem Ortsschild vorüberkam, da war er, ohne lange jedes Für und Wider abzuwägen, plötzlich nach rechts abgebogen.

Warum denn in dieser frühen Abenddämmerung nicht mal ein bisschen durch die Windecker Straßen fahren? Mal sehen, wo Licht brannte und wo nicht, weil dort vielleicht schon lange niemand mehr wohnte ... Seine Ruine, Holzbank und Schlafsack liefen ihm nicht weg. Und er hatte ja sonst nichts zu tun.

Es kam, wie Matti es vermutet hatte: Jedes dritte Haus schien leer zu stehen. Was irgendwie unheimlich wirkte.

Als er an der Gartentür von Inkas Großmutter vorüberkam, hielt er kurz an. In Inkas Zimmer brannte Licht. Also waren auch Mark und sie längst heimgekehrt. Wo wohl ihr Freund schlief? Etwa auch in ihrem Zimmer?

Kein schöner Gedanke. Nur: Warum denn eigentlich? Welches Recht hatte er, irgendetwas dagegen zu haben?

Er fuhr weiter und sah: Auch bei Hadscha Krey brannte Licht.

Unschlüssig stoppte er und starrte den matten Lichtschein an. Durfte er schon wieder hier auftauchen? Er war ja erst am Morgen hier gewesen. Andererseits hatte der alte Hadscha sich über sein Kommen sehr gefreut, und er, Matti, hatte ja wirklich keine Lust, sich schon wieder in seine Höhle zu verkriechen.

Mit einem kurzen Tritt in die Pedalen fuhr er bis an die Gartentür vor, schlüpfte hinein und schob das Rad vor die Haustür. Kaum hatte er geklopft, wurde ihm geöffnet.

»Hallo!«, sagte er nur. Was sollte er denn sonst sagen? Fühle mich so allein, will mit jemandem reden?

»Matti?« Hadscha Krey, der in diesem Halbdunkel nicht gleich erkannt hatte, wer vor ihm stand, lachte froh. »Na, das klappt ja allerbestens! Grade hab ich mich gefragt, wo du wohl steckst. Im Radio haben se 'ne Unwetterwarnung durchgegeben, da ist das Übernachten im Wald vielleicht 'n bisschen riskant, oder? – Na, komm erst mal rein.«

Ein Unwetter? Kein Wunder nach diesem Hitzetag. Nur wäre es dann vielleicht doch besser gewesen, gleich zu seiner Ruine zu fahren, um sich in dem Raum mit dem noch halbwegs heilen Dach zu verkriechen. Jetzt allerdings war es dazu zu spät. Er war hier und kam so schnell nicht wieder weg. Hadscha Krey, diesmal in Lederpantoffeln, Jeans und T-Shirt, aber trotz der Hitze mit Basecap auf dem Kopf, reichte ihm ja schon die Hand, um ihn hineinziehen in sein nur matt erleuchtetes Haus.

»Guten Abend! Ich war an der Ostsee. Und in Seldwitz. Und da dachte ich …«

»Aber wofür entschuldigste dich denn?« Der alte Hadscha ließ seine Hand so schnell nicht wieder los. »Hab doch gesagt, kannst jederzeit vorbeikommen. Hat der Fernseher eben mal Pause.«

Im Vergleich zu dem Haus, in dem Inkas Großmutter wohnte, war Hadscha Kreys Flachbau eher klein, besaß keinen Flur und kein Obergeschoss. Wer eintrat, stand schon in der mit allerlei altertümlichen Möbeln eingerichteten Wohnstube, von der drei Türen in irgendwelche anderen Räume führten. Auf den Schränken, in den Regalen, auf dem Sofa und auf mehreren Stühlen, überall stapelten sich Bücher, Broschüren, alte Zeitschriften und sonstiges Papier. Von der Zimmerdecke hingen mehrere getrocknete Kräuterbündel herab, es roch nach allen möglichen Düften des Orients, nach Hadscha Kreys Pfeifen und noch irgendetwas anderem, Undefinierbarem. Ein Fernseher allerdings war nirgends zu entdecken. Vielleicht stand er im Schlafzimmer.

»Setz dich! Willste 'n Bier? Hab auch kaltes. Oder willst du was essen? Hast vielleicht Hunger. So eine Radtour räumt den Magen auf, oder?«

Matti hatte Hunger, sogar ziemlich heftigen. Aber durfte er das zugeben, da er sich doch ganz einfach selbst eingeladen hatte? »Ein Bier – gern! Und kalt schmeckt's mir besser.«

Hadscha Krey verschwand hinter einer Tür, die sicher in die Küche führte, und rumorte ein Weilchen darin herum. Als er wiederkam, brachte er nicht nur eine Flasche Bier samt Bierglas, sondern auch ein Körbchen mit mehreren Scheiben Brot und einen Teller mit Butter, Wurst und Käse und ein großes, altmodisch geformtes Messer mit. »Nur falls du doch noch Hunger bekommen solltest«, entschuldigte er sich für diese Eigenmächtigkeit, grinste aber dabei, als hätte er eigentlich sagen wollen: Junge, mach kein Gedöns! Musst dich nicht genieren, höre ja deinen Magen knurren.

Matti sagte erst mal nur »Danke!«, goss sich Bier ein, trank einen großen Schluck und machte sich danach ohne jede weitere Erklärung über den Teller her.

Zufrieden steckte Hadscha Krey sich eine seiner vielen Pfeifen an, die auch hier überall herumlagen, paffte ein paar Wolken zur Zimmerdecke hoch, schwieg und rieb sich nur hin und wieder das Kinn, als dachte er über irgendetwas nach.

Matti fand, dass er endlich wieder etwas sagen musste. »Hab noch lange über Ihre Geschichte nachgedacht«, begann er, »das muss für Sie damals doch sehr schlimm gewesen sein ... im Gefängnis. Und das, obwohl Sie doch gar kein Verbrechen begangen haben.«

»Tscha, schön war's nicht! Aber wie gesagt, vorbei ist vorbei.« Der alte Hadscha zuckte die Achseln, als interessiere ihn seine Geschichte vom Vormittag nicht mehr sehr. »Kein Grund, sich immer wieder neu darüber aufzuregen, oder?«

»Aber so lange! Anderthalb Jahre!« Matti hätte wirklich gern mehr über diese Zeit erfahren. Wenn im Fernsehen ein Film kam, der im Gefängnis spielte, hatte ihn das immer sehr bewegt. Wie konnte man so etwas nur aushalten, Tage, Wochen, Monate, Jahre in einer vergitterten Zelle? Rannte man da nicht irgendwann mit dem Kopf gegen die Wand?

»Na ja, hast schon recht, war 'ne lange Zeit.« Hadscha Krey zog sich mal wieder die Kappe tiefer in die Stirn. »Ist aber letztlich alles relativ. Hätt mich der Sensenmann geholt, als ich fünfzig war oder sechzig, hätt ich mehr Zeit verloren.«

Matti biss erst mal ab, dann wollte er wissen, weshalb der alte Hadscha denn nach der Haft nicht in seine Heimatstadt Schwerin zurückgekehrt war. »War das wirklich nur wegen der Marie? Ich meine, das kann für Sie hier doch nicht mehr schön gewesen sein.«

Eine Frage, die ans Eingemachte ging, von der Matti aber glaubte, sie einem wie dem alten Hadscha ruhig stellen zu dürfen.

Er war auch nicht beleidigt, nickte nur. »Hab mich das später auch oft gefragt und geniere mich inzwischen 'n bisschen dafür. Die arme Frau so zu quälen – auf einen feinen Charakter meinerseits lässt das ja wohl kaum schließen, oder?«

»Und Sie durften ja auch nicht mehr Leiter der Traktorenstation sein«, hakte Matti nach. »Das machte doch dann der andere, der keine Ahnung hatte. Das, ich meine, das muss doch ganz besonders wehgetan haben.«

»Na ja, ›keine Ahnung‹ ist vielleicht 'n bisschen übertrieben. Sagen wir mal so: wenig Ahnung … Aber dass danach aus mir nichts mehr wurde, tscha, das war ja auch meine Schuld. Hätt ja Reue heucheln können, dann wäre ich ganz bestimmt wieder Leiter von irgendwas geworden. Hab ich aber nicht. Hätt mich lieber erschossen, als so etwas zu tun.«

Matti versuchte, sich den alten Hadscha als jungen Mann vorzustellen. Es gelang ihm nicht. »Und als was haben Sie dann gearbeitet?«

»Wieder als Schlosser. Durfte sogar in die Werkstatt zurück. Als Paule Schraubenschlüssel wurde ich geduldet – und immer gern um Rat gefragt ... War natürlich jedes Mal 'n kleiner Triumphmarsch für mich.« Ein kurzes, zufriedenes Lachen, dann wurde der alte Hadscha wieder ernst. »Aus heutiger Sicht wohl alles nur schwer zu verstehen. Aber es gab da mal 'nen Schlager: *Die Liebe ist ein seltsames Spiel.* Wurde damals viel gedudelt. Und irgendwie, irgendwie ist da was Wahres dran.«

Die Sache mit Jessy; wie weh es getan hatte, als er sie mit Peer sah! Und vorhin, als er vor Inkas Fenster stand und sich fragte, ob ihr Freund wohl auch in ihrem Zimmer schlief ... Ob das alles auch etwas mit Liebe, mit richtiger, wahrhaftiger Liebe zu tun hatte? Beide Male hatte es in seiner Brust gepikt, als hätte wer mit einer Nadel hineingestochen.

Hadscha Krey ließ ein paar seiner schönsten Kringelwölkchen aufsteigen, dann nickte er zwei-, dreimal nachdenklich. »Tscha, und nun ist sie tot, die Marie, und ich hab nicht gewagt, zu ihrer Beerdigung zu gehen ... Sicher hätt se dir, lebte sie noch, unsere Geschichte ganz anders erzählt ... Erzählt ja jeder immer nur *seine* Geschichte, oder?«

Fragend sah er Matti an, als erforderte sein »Oder?« diesmal wirklich eine Antwort. Also nickte Matti still. Klar, konnte ja gar nicht anders sein.

Der Teller war leer und die Flasche Bier auch, und Matti wusste nicht mehr, was er noch sagen sollte.

Hadscha Krey sah ihm seine Verlegenheit an. »Noch 'n Bier? Zwei sind erlaubt, sagt die Wissenschaft. Erst recht, wenn man so ernste Themen behandelt wie wir.«

Wieder brauchte Matti nur zu nicken. Er trank das Zeug ja immer noch nicht gern; heute aber, komisch, schmeckte es ihm.

Der alte Hadscha verschwand in der Küche, brachte eine kalte und eine warme Flasche mit, trank aber noch nicht, sondern sah Matti längere Zeit nur schweigend an. »Freu mich sehr, dass du noch mal vorbeigekommen bist«, sagte er dann. »Irgendwie leben wir beide ja in ganz verschiedenen Welten. Deine kann nicht mehr die meine sein, und ich, ich lebe noch immer in einer, die nicht die deine ist. Der eine kommt, der andere geht. Aber« – er grinste und hob den Zeigefinger – »wenigstens haben wir uns noch kurz die Hand geben können. Und das ist doch auch etwas, oder?«

Sprach er vom Tod? Matti spürte, wie ihm heiß wurde. Oder lag das nur am Bier? Er dachte oft über den Tod nach. Als er acht oder neun Jahre alt war, hatte er beobachtet, wie aus der Nachbarwohnung ein Sarg getragen wurde. Die alte Frau Korn war gestorben. Er hatte die freundliche, vogelköpfige Nachbarin, die ihm oft selbst gebackene

Kekse brachte, sehr gemocht – sie war so etwas wie seine Ersatzoma gewesen – und sich seither immer häufiger Gedanken über den Tod gemacht. War ja ziemlich verrückt, dass alle Lebewesen nur geboren wurden, um irgendwann zu sterben.

»Wie ist das eigentlich, wenn man alt ist, kann man sich dann besser vorstellen, dass man irgendwann nicht mehr da ist? Und … hat man Angst davor?« Auch so etwas, da war er sich sicher, durfte er den alten Hadscha fragen.

»Nein! Das kann sich keiner vorstellen«, so die prompte Antwort. »Nicht mal auf dem Sterbebett wird das klappen. Aber Angst?« Der alte Hadscha schüttelte den Kopf, dass seine lange, weiße Mähne von rechts nach links flog. »Angst muss man nicht haben. Bist du weg, weißt du ja nicht mehr, dass es dich mal gegeben hat, oder? Und das Sterben selbst? Das erlebt wohl jeder anders … Tscha, und da mir keiner sagen kann, wie's bei mir mal sein wird, wozu lange darüber nachdenken?«

Er grinste wieder und wollte noch etwas hinzufügen, kam aber nicht mehr dazu. An der Tür wurde geklopft. »Wird die Wendtsche sein«, vermutete er. »Aber warum klopft se denn? Sie hat doch 'nen Schlüssel.« Er zwinkerte Matti zu. »Für den Fall, den wir gerade erst besprochen haben.« Und dann trötete er wie ein Ausrufer auf dem Rummelplatz: »*Come in,* Lore! Bin nicht in Unterhosen.«

Doch nicht Inkas Großmutter betrat den Raum, Inka selbst schob den Kopf durch den Türspalt und wollte irgendwas sagen, blickte dann aber voller Überraschung nur

Matti an. Ihr drittes Treffen an diesem Tag, damit hatte sie nicht gerechnet.

Der alte Hadscha freute sich. »Noch so 'n hübsches Stück Jugend in meiner guten Stube«, rief er gut gelaunt und rieb sich zufrieden die Hände. »So niedrig war das Durchschnittsalter hier ja schon lange nicht mehr. Aber von mir aus – bitte schön, bitte gern! –, darf so bleiben.«

Weder Inka noch Matti wussten, was sie darauf antworten sollten. »Uns fehlen vier Eier«, sagte Inka schließlich, blickte dabei aber allein Matti an. »Will backen – 'ne Eierschecke –, aber dafür brauche ich sieben und Oma hat nur noch drei.«

»Nanu?« Jetzt war es an Hadscha Krey, überrascht zu sein. »Was'n das für 'ne Begrüßung? Ich denke, ihr kennt euch.«

Wieder sah Inka Matti an, dann schüttelte sie den Kopf. »Nee! Woher denn? Haben uns nur mal kurz bei Elena gesehen. Und noch kürzer vor dem *McDonald's*.«

Da blieb Matti nichts anderes übrig: Wenn er nicht wollte, dass der alte Hadscha ihn für einen Schwindler hielt, der, als er ihn im Nachbargarten sah, vielleicht doch klauen wollte, musste er widersprechen. »Klar kennen wir uns«, sagte er und wurde rot, was ihn so sehr ärgerte, dass er noch mehr Farbe bekam. »Hab mal hier Ferien gemacht. Ist aber schon lange her.«

»Matti?« Vor Staunen weiteten sich Inkas Augen. »Der Junge aus Berlin?« Und dann schlug sie sich vor die Stirn und lachte so laut, als wäre ihr plötzlich einiges klar geworden. »Heilige Kacke, endlich weiß ich, warum du mir so bekannt vorkamst ... Aber was bist du denn für 'n Idiot? Warum hast du das nicht gleich gesagt? Gaffst nur immer und gaffst, und ich wundere mich über diesen seltsamen Typ und hab nicht die geringste Ahnung, wer da vor mir steht.« Und schon kam sie auf ihn zu und drückte ihm so kräftig die Hand, dass er spürte: Sie freute sich wirklich, ihn wiederzusehen. Auch wusste sie noch seinen Namen und sogar, dass er aus Berlin kam.

»Tscha, immer wieder schön, so 'n Wiedersehn!«, reimte der alte Hadscha und lächelte vergnügt mal Matti, mal Inka an. Und weil sie nach dieser ersten Begrüßung nicht wussten, was sie noch sagen sollten, forderte er sie gut gelaunt auf: »Na, nu macht mal los, Kinners! Erzählt, was ihr inzwischen so alles erlebt habt! Kann so ja noch 'n ganz interessanter Abend werden, oder?«

Inka und Matti hatten nichts dagegen, von sich zu erzählen. Zuerst allerdings mussten Erinnerungen ausgetauscht werden.

Anfangs berichtete nur Inka, an welche ihrer Südamerika-Abenteuer sie sich noch erinnerte, und es wurde viel gekichert und gelacht. Danach erzählte Matti ein bisschen was von damals und – nach Inka – auch von seinem jetzigen Leben, wenn auch nur das Allernötigste. Hadscha Krey saß still dabei, paffte Kringel in die Luft, trank von seinem Bier und grinste mit, wenn es was zu lachen gab.

Vor zwei Jahren war Inka, was Matti ja schon wusste, zu ihrem Vater gezogen. Seine Frau und er waren zu dieser Zeit längst geschieden und die groß gewordenen

Kinder aus dem Haus. Deshalb hatte er sie, nachdem ihr Großvater gestorben war, gefragt, ob sie nicht mal für eine Weile zu ihm ziehen wollte. Erstens hätte er ja nun jede Menge Platz in seiner Wohnung und zweitens würden sie sich auf diese Weise endlich besser kennenlernen.

»Und da hab ich Ja gesagt ... Wollte mal raus aus dem Dorf. Hannover ist nicht Paris oder London, aber doch 'ne richtige Stadt. Und zuletzt hatte Oma ja so viel Ärger mit mir. War zu der Zeit wohl nicht so ganz pflegeleicht.«

Vorsichtig lachte sie dem alten Hadscha zu, und der zwinkerte zurück, als wollte er sagen: Weiß ich alles, aber ist schön, dass du das nun auch weißt.

Dass ihr Vater zu dieser Zeit längst mit einer neuen Frau zusammenlebte, störte Inka nicht. »Sie hat ihr Zimmer, ich hab meins. Sie bedient *mich* nicht, ich bediene *sie* nicht. Sehen wir uns, sagen wir ›Hallo‹. Sehen wir uns nicht, verspürt keine Sehnsuchtsgefühle. Na ja, und das mit Paps, das hat sich, ehrlich gesagt, viel besser eingespielt als gedacht. Außerdem zahlt er mir ein gutes Taschengeld.«

Wieder lachte sie.

Alles wie damals, schoss es Matti durch den Kopf. Auf der einen Seite war Inka sehr sensibel, auf der anderen ziemlich stark; eine, die mit vielem fertig wurde.

»Aber jetzt noch mal zu dir.« Neugierig sah sie ihn an. »Machst du hier Ferien? Mit deinen Eltern? Und wohnt ihr wieder im selben Bungalow wie damals?«

»Nee!« Was sollte er denn darauf antworten? Er konnte doch nicht zugeben, dass er vor allem *sie* wiedersehen wollte. Sie war mit ihrem Freund Mark hier – und nun tauchte da so ein Clown aus ihrer Kindheit auf, der wieder Südamerika spielen wollte? Besser, er gab den Lonesome Rider. »Bin allein hier. Wollte mal die Gegend wiedersehen … Ist doch toll hier. Jede Menge Landschaft und die Ostsee ist auch nicht weit.«

»Und wo bist du untergekommen?«, hakte sie nach, ihre wachen Augen noch immer in seinem Gesicht.

Blöd, aber jetzt musste er auch ihr die Version vom Zelt im Wald auftischen. Der alte Hadscha saß ja dabei, er durfte doch nicht zugeben, ihn belogen zu haben.

»Du zeltest im Wald?« Sofort machte sie sich Sorgen. »Ist aber ziemlich riskant. Im Radio haben sie gerade erst 'ne Unwetterwarnung durchgegeben. Bleib lieber über Nacht hier, Oma hat noch 'n Zimmer frei.«

Die Nacht in der Nähe von Inka und Mark verbringen? Und am Morgen dann Frühstück zu dritt, er und der Lange an einem Tisch? – Besten Dank!

»Hab keine Angst.« Er spielte weiter den Coolen. »So schlimm wird's schon nicht werden. Außerdem hat mein Zelt schon viele Gewitter überstanden.«

Zweifelnd sah Inka ihn an, bis sie die Achseln zuckte. »Na, wenn du meinst …« Und damit wollte sie die Eier nehmen, die der alte Hadscha inzwischen aus der Küche geholt hatte, und sich verabschieden. In diesem Augenblick aber wurde die Tür aufgerissen – und der Basketballer schaute herein.

»Inka! Wo bleibst du denn?«

Lachend winkte sie ihm. »Komm rein! Hab 'nen Freund

wiedergetroffen. Matti aus Berlin … Als Kinder haben wir Südamerika bereist und jetzt ist er plötzlich wieder hier aufgetaucht.«

Matti stand auf, um Mark die Hand zu geben, doch konnte der lange Blonde sich aus dem, was Inka gesagt hatte, keinen Reim machen. »Südamerika?«, fragte er verdutzt. »Wann soll das denn gewesen sein?«

»In einer Zeit, in der wir noch richtig fliegen konnten.« Inka musste schon wieder lachen. »Was ja leider immer seltener klappt.«

So was gefiel Hadscha Krey. Er nahm die Pfeife aus dem Mund und nickte spöttisch. »Tscha, Deern, das ist er, der Preis des Erwachsenwerdens. Ab 'nem gewissen Alter fliegen wir alle nicht mehr. Aber solange es noch geht – nur zu, die Flügel aufgespannt, die Welt ist weit!«

Und diesmal zwinkerte er Matti zu.

Klare Ansagen

Das vorausgesagte Unwetter, es kündigte sich bereits an. Finster wie mitten in der Nacht war es und von Minute zu Minute wurde es stürmischer. Immer kräftiger musste Matti in die Pedalen treten; dieser fiese, plötzlich so kalte Wind heulte und pfiff und peitschte ihm ins Gesicht, als wollte er ihn schlagen.

Nein, er hatte sich nicht überreden lassen, doch lieber in Windeck zu bleiben. Nicht von Inka, nicht von Hadscha Krey, der ihm, bevor er losfuhr, nicht nur seine Couch, sondern auch das Du angeboten hatte. »Wenn Inka mich duzt, darfst du mich doch nicht siezen«, hatte er gesagt.

Genutzt hatte aber auch das nichts – Matti wollte nicht in Windeck bleiben. Und so hatte er immer weiter den Coolen gespielt, der weder Blitz noch Donner scheute. Irgendwie hatte er das nötig gehabt, neben diesem Mark, der ja nicht nur ziemlich gut aussah, sondern auch sehr sympathisch wirkte und schon im nächsten Jahr sein Abitur machen würde.

Klar, hätte Inka nicht ihren Freund mitgebracht, keine Sekunde hätte er gezögert, bei ihrer Oma oder Hadscha Krey zu übernachten. Das schon wegen der zwei Flaschen Bier, die er getrunken hatte. Er war das Zeug nicht gewöhnt, es grummelte und grollte in seinem Bauch und sein Kopf sehnte sich nach einem Kissen. Aber Mark war ja nicht wegzuzaubern. Und – trotz aller Sympathie – er störte tierisch.

Ansonsten aber durfte er nicht unzufrieden sein. Wie Inka sich über ihr Wiedersehen gefreut und wie gern sie sich an ihre Südamerika-Spielerei erinnert hatte! Ja, und bevor Mark und sie gingen, hatte sie ihm da nicht deutlich gezeigt, dass sie sich gern wieder mit ihm treffen wollte? Sogar eingeladen hatte sie ihn, mit Mark und ihr noch mal an die Ostsee zu fahren. Gleich morgen wollten sie wieder hin und am Freitag noch mal ...

Doch darauf hatte er sich nicht eingelassen. Und Mark, das hatte er ihm deutlich angesehen, hätte dieser Ausflug zu dritt ebenso wenig gepasst. Also hatte er abgewunken. An der Ostsee, so hatte er gesagt, sei es ihm zu langweilig. Nur am Strand liegen und in die Sonne glotzen? Das sei nicht sein Ding. Er bade lieber in Seen, weil er da wenigstens richtig schwimmen könne. Im Meer baden, das sei ja nur so ein Wellengehopse.

Inka jedoch hatte nicht locker gelassen. »Na, toll! Dann machen wir am Sonnabend mal 'ne Tour an einen See. Es gibt einen, der liegt ganz einsam, den kennst du bestimmt noch nicht.«

Eine zweite Einladung, die er nicht auch noch ablehnen konnte. Und so hatte er schließlich zugesagt und Inka sich gefreut. Ihr Mark allerdings war darüber gar nicht glücklich gewesen; viel lieber wäre er auch am Sonnabend mit Inka allein geblieben. Doch was hätte er schon dagegen sagen können?

Aus dem Sturm wurde ein Orkan. Und noch immer blies er Matti direkt entgegen. Vor Kraftanstrengung zitterten ihm die Beine, doch konnte er jetzt ja nicht stehen bleiben, und so kämpfte er weiter gegen diese unsichtbare, ihm feindlich gesinnte Wand an, bis es ganz und gar nicht mehr ging. Er musste absteigen und das Rad schieben.

Aber auch das schaffte er bald nicht mehr. Völlig entkräftet blieb ihm nichts anderes übrig, als sich hinter den Stamm einer riesigen Eiche zu flüchten, das Rad niederzulegen und besorgt zu den sich zu Gebirgen ballenden, rabenschwarzen Wolken hochzustarren, die im Eiltempo über ihn hinwegtrieben. Die größeren, dickstämmigen Bäume am Straßenrand wurden vom Sturm gezaust, die schlankeren bogen und streckten sich, als wollten sie sich gegen das Entwurzeltwerden wehren – bis der erste krachend zu Boden stürzte und seine Wurzeln mitsamt der Erde, die daran hing, wie anklagend erhobene Arme in die Höhe streckte …

Ein gespenstischer Anblick! Ja, und wenn nun auch die Eiche, unter die er sich geflüchtet hatte, diesem Sturm nicht standhielt? Zwar sah sie aus, als würde sie schon seit fünfhundert Jahren hier stehen und hätte in all der Zeit schon mehrere solcher Stürme überlebt, aber wusste er, ob ihre Wurzeln noch genügend fest in der Erde verankert waren?

Sinnlos, länger darüber nachzudenken. Jetzt zuckte ja schon der erste Blitz durch die Wolken. Gleich darauf ein Donnerschlag, der Matti den Atem nahm. Dann, ohne Übergang, prasselten die ersten Regentropfen auf die

Erde nieder und wurden mehr und mehr, bis der sturmgepeitschte Regen so dicht und heftig fiel, dass Äste und Blattwerk über ihm längst nicht mehr schützten. Binnen Kurzem war er völlig durchnässt. Auch wurde die Eiche ja immer mehr zur Bedrohung. Schlug ein Blitz in sie ein, konnte es sein, dass sie auf ihn stürzte. Besser, er ergriff die Flucht. Noch nasser konnte er ja ohnehin nicht werden. Und so nahm Matti schon bald sein Rad wieder auf, um sich erneut dem Sturm entgegenzustemmen.

Was für ein endloses Radgeschiebe durch diese Sturm- und Gewitternacht! Als wanderte er auf dem Grund eines aufgewühlten Sees entlang, dessen Wellen ihm entgegenschlugen, so erschien es Matti bald. Immer grellere Blitze zuckten über den Himmel, immer lautere Donnerschläge folgten, immer stärker musste er gegen seine Angst ankämpfen.

Jenes Unwetter von vor vier Jahren. Inkas weise Ratschläge. Wenn am Wegesrand keine Bäume standen, war er ja wirklich so eine Art Turm in der Landschaft und deshalb mitsamt seinem Rad bestes Angriffsziel für alle Blitze. Nur: Hatte er denn eine Alternative? Unter einen Baum flüchten durfte er sich nicht, und sich weit ab von seinem Rad flach auf die Erde schmeißen oder sich in eine Kuhle hocken? Wie lange wollte er sich auf diese Weise denn zuschütten lassen? Dieses Unwetter schien ja noch stundenlang wüten zu wollen … Und zurück nach Windeck fliehen, vom Sturm geschoben, um bei Inkas Großmutter oder Hadscha Krey um Aufnahme zu bitten? Was für eine Niederlage! Erst große Klappe, dann angstbibbernd vor der Tür stehen ... Nein, auf keinen Fall! Diese Blöße wollte er sich nicht geben.

Schritt für Schritt kämpfte er sich weiter vorwärts – bis er in all der Düsternis um sich herum beinahe an seiner Ruine vorbeimarschiert wäre. Doch welche Erleichterung, als er begriff, dass er tatsächlich *heimgefunden* hatte! Während eines solchen Unwetters, das stand fest, wurde irgendwann ja auch das armseligste Mauseloch zum *Heim*. Rasch schob er das Rad hinter die Tür, dann leuchtete er, tropfnass im Flur stehend, mit der Taschenlampe sein *Schlafzimmer* ab.

Eine wahre Seenlandschaft. Mit der Birke als Leuchtturm zwischen all den grünen Inseln. Nur gut, dass er, wie immer am Morgen, Isomatte und Schlafsack zusammengerollt und mit all seinem anderen Zeug in einer noch einigermaßen heil gebliebenen, also größtenteils sicher trocken gebliebenen Dachbodenecke versteckt hatte. Zwar war das meiste aus nässeabweisendem Material, aber ob es sich in dieser Sintflut nicht doch vollgesaugt hätte?

Er holte, was er brauchte, vom Boden, um im Schein der Taschenlampe sein Lager in dem anderen, stockfinsteren, aber dafür besser regengeschützten Raum auszubreiten. Gleich danach riss er sich die nassen Klamotten vom Leib. Schien erst die Sonne wieder, würden sie rasch trocknen. Und zum Glück hatte er ja, bevor er von zu Hause losfuhr, zum Wechseln nicht nur Unterwäsche und Strümpfe, sondern auch eine zweite Jeans, drei T-Shirts, einen Pullover und eine Windjacke eingepackt.

Mit dem Handtuch rubbelte er sich von Kopf bis Fuß trocken, schlüpfte in frische Wäsche und stieg in Jeans und Pullover, um schon in der nächsten Sekunde, noch immer bibbernd vor Kälte, in den Schlafsack zu kriechen. Nichts als schlafen, schlafen, schlafen wollte er jetzt. Doch so müde und kaputt er war, mit dem Wegdämmern wollte es lange nicht klappen.

Wie die Dachbalken im Sturm knarrten und stöhnten! Als müssten sie sich gegen das Auseinandergerissen-und-davongetragen-Werden wehren. Und durch die Fensterritzen pfiff und wimmerte es, als bäte irgendein böser Geist um Einlass …

Ein Weilchen hielt er sich die Ohren zu, fand so aber erst recht keinen Schlaf. Also lauschte er schicksalergeben all diesen Geräuschen, bis er irgendwann, ohne es zu merken, endlich doch noch einschlief – und mal wieder Entsetzliches träumte.

In diesem Traum schwamm er durch ein gigantisch großes, mit dicht stehenden Wasserpflanzen bestücktes Aquarium. Es war voller seltsamster Fische. Darunter viele sehr bunte, friedlich aussehende, aber auch ein paar irre hässliche Wassermonster, die aus allen Richtungen drohend auf ihn zugeschwommen kamen. Mit weit aufgerissenen Mäulern näherten sie sich ihm und mit großen, kalten Fischaugen starrten sie ihm ins Gesicht. Er wollte fliehen – wozu war er denn ein so guter Schwimmer?, – aber er kam ja nicht raus aus diesem rundum geschlossenen Glaskasten. Überall prallte er gegen unsichtbare Wände, die er oft erst in letzter Sekunde wahrnahm.

Hinter diesen Wänden aber saßen Leute, die ihn begafften, als wäre auch er nur irgendein zum Betrachten ausgestelltes Wassertier. Er wollte ihnen zurufen, dass sie ihm heraushelfen sollten aus diesem Gefängnis, da doch auch er ein Mensch sei und zu ihnen gehörte. Aber konnte er unter Wasser denn rufen? War ja schon ein Wunder, dass er überhaupt atmen konnte.

Und dann entdeckte er unter den Gaffern auch noch Silvia und Eddie, die neugierig seine verzweifelten Fluchtversuche beobachteten. Und gleich neben ihnen standen Jessy und Apfelschröder, die ihn ebenfalls nicht zu kennen schienen …

Er geriet in Panik, japste, keuchte und erwachte – und konnte es nicht fassen: Schon wieder so ein irrer Traum! Wieso wurde er denn, kaum hatte er die Augen zugemacht, immer wieder verfolgt, gefesselt oder gefangen? Was wollten diese Träume ihm sagen?

Gegen Morgen musste er dann sehr tief und fest geschlafen haben. Er wurde nur schwer wach und blieb liegen, bis er Hunger bekam. Da war es aber schon Mittagszeit. Als er endlich aufstand, schmerzten ihm alle Knochen; dieser endlose Kampf gegen den Sturm hatte Spuren hinterlassen.

Mit steifen Beinen wankte er vor die Tür und sah: Der Regen hatte nachgelassen, ein weißgrauer, an hellen Zement erinnernder Nebel lag über den Wiesen und Feldern; so dicht, dass nicht mal mehr die Kronen der Linden direkt neben dem Haus noch zu erkennen waren. Drum herum: eine Art Moorlandschaft; unzählige kleine Seen, Bäche und Rinnsale. Das Dach der Ruine aber schien dem Unwetter getrotzt zu haben, alle losen Ziegel mussten bereits von früheren Stürmen herabgerissen worden sein.

Tief atmete Matti die würzige, nach feuchter Erde und all der nass glänzenden Pflanzenwelt schmeckende Luft ein – und spürte, wie er gute Laune bekam: Was für ein Abenteuer hatte er da erlebt! Und heil überstanden! Ja, und dann: Inka! Wie sie sich über ihr Wiedersehen gefreut hatte …

Still lächelte er vor sich hin, und dann überlegte er: Und jetzt? Was anfangen mit diesem grauen Tag, der schon zur Hälfte vorüber war? Zurück in den Schlafsack ging nicht, darin würde er sich jetzt wie eingesperrt fühlen und am Abend erst recht kein Auge zubekommen.

Auf keinen Fall konnte es ein Fehler sein, erst mal was in den Bauch zu kriegen, auch wenn es nur Brot, Wurst und Wasser sein würde. Ein Lagerfeuer in all dieser Nässe und noch dazu ohne trockenes Holz – unmöglich!

Und danach? Danach würde er dann die Mails checken, die inzwischen garantiert gekommen waren, und Eddie schreiben. Und vielleicht auch noch Apfelschröder. Damit wäre dann auch der Nachmittag herumgebracht.

Er frühstückte im Liegen, auf seinem Schlafsack, dann setzte er sich – Kapuzenjacke übergezogen, Isoliermatte unterm Hintern – auf die mit Regenwasser vollgesogene alte Holzbank und klickte auf *Posteingang*. Sechs Mails wollten aufgerufen werden, drei von Silvia, zwei von Eddie, eine von Jessy.

Was Silvia und Eddie schrieben, konnte er sich selbst zusammenreimen, auf die von Jessy war er neugierig.

Hallo Matti, begann sie, *du machst ja Sachen!* Und dann ließ sie sich erst mal mehrere Zeilen lang darüber aus, wie total bescheuert sie seine *Flucht* fand: *Das bringt doch nichts. Richtig alberner Kinderquatsch ist das. Und egal, was du schreibst, ich weiß ja doch, dass du nur wegen Peer und mir abgehauen bist. Aber ehrlich, dass du so ein weich gekautes Gummibärchen bist, das hätte ich nicht von dir gedacht.*

Typisch Jessy: Nur kein schlechtes Gewissen verraten, Angriff war die beste Verteidigung.

Es kam noch mehr in dieser Art, bevor sie endlich zugab: *Na ja, dass du uns beobachtet hast, das war natürlich doof. Ein saublöder Zufall. Ich hätt dir schon noch gesagt, dass ich jetzt mit Peer zusammen bin. Wollte mir nur erst ganz sicher sein. Hab dich ja – lach jetzt bloß nicht! – auch irgendwie gern. Deshalb sollten wir gute Freunde bleiben.*

Hä? Las er richtig? *Auch irgendwie gern?* Und: *Gute Freunde bleiben?* – Wie großzügig! Sollte er dafür etwa noch Danke sagen?

Am Ende kam wieder der Trotz in ihr durch: *Aber ein Verbrechen war das Ganze nicht. Muss mich für nichts entschuldigen. Oder hast du etwa gedacht, wir bleiben bis in alle Ewigkeit zusammen, nur weil wir mal ein paar Monate lang miteinander gegangen sind? Also wirklich, das ist mir zu doof.*

Ein paar Monate? Fast ein ganzes Jahr lang hatten sie

sich mehrmals in der Woche getroffen, in der Klasse waren sie schon als »die Marquardts« verspottet worden. – Nee, wozu noch weiterlesen? Sollte sie doch mit Peer rumschieben und glücklich mit ihm werden. War sie es wert, ihr nachzuheulen? – Auf keinen Fall ... Sie hatte sich erst *sicher* sein wollen! Also ein bisschen mit Peer rumknutschen und den blöden Matti in der Hinterhand behalten, falls das mit Peer nichts werden sollte ...

Für diese Mail musste er Jessy ja sogar dankbar sein. Jetzt durfte er sie endgültig abhaken: Ciao, Jessica Müller, viel Glück mit Hollywood-Peer! Tat ja auch alles gar nicht mehr so weh, nachdem er Inka wiedergesehen hatte. – Okay, Inka war mit Mark zusammen und würde Mark ganz sicher niemals so enttäuschen, wie Jessy es mit ihm getan hatte. Doch lieber eine Inka, die mit einem anderen ging, als eine Jessy, die mit einem anderen ging!

Silvias Mails waren wie erwartet: *Was machst du da nur für einen Blödsinn? Komm nach Hause! Wir können über alles reden.* Und so weiter.

Sie verstand ihn nicht. *Konnte* ihn einfach nicht verstehen. Und deshalb ging sie auf das, was er ihr geschrieben hatte, gar nicht erst ein. Zwischen diesen Bitte-Bitte-Zeilen aber verriet sie sich: Zum Platzen böse war sie auf ihn, glaubte, sein Verhalten nicht verdient zu haben.

Eddie schrieb nichts anderes, nur eben, wie es seine Art war, in einem sehr viel lockeren Ton: *Also weißt du, Junior! Da hast du ja mal wieder einen echten Matti abgeliefert. Einfach mal 'ne Tour ins Blaue? Eigentlich müssten wir ja jetzt mordsmäßig sauer auf dich sein, aber großherzig, wie wir sind, versuchen wir zu begreifen, was mit dir los ist.*

Nur lässt sich das Ganze schriftlich nicht gut bequatschen. Da hat Silvia völlig recht. Doch solange du uns so hartnäckig verschweigst, wohin es dich getrieben hat, wie können wir da zu dir kommen, um die Friedenspfeife mit dir zu rauchen? Deshalb schalte bitte in den Vernunftmodus und komm zurück, damit wir zu dritt an unseren Fehlern arbeiten können!

Mal wieder typisch Eddie: Rasch zur Sache kommend und gleich darauf schon wieder fröhlich in die Zukunft blickend. Alles lässt sich einrichten und verbessern, wenn man nur will, so seine ständige Rede. Und das, obwohl doch auch er nicht gerade wenige *Pakete* mit sich herumschleppte.

Da gab es die seltsame Geschichte *seines* Vaters, eines echten Losers. Ewig hatte er große Töne gespuckt, es aber zu nichts gebracht. Bis er nach der Scheidung von Eddies Mutter eines Tages auf Nimmerwiedersehen verschwand.

»Vielleicht hat er ja irgendwo 'ne Ölquelle gefunden und will seinen Reichtum nicht mit uns teilen«, witzelte Eddie manchmal über ihn. Doch verbarg sich dahinter, wie Silvia sagte, nichts anderes als eine große Menge Wut und Unverständnis. Und vielleicht eine noch größere Menge Trauer.

Später Eddies Abschied von seiner Mutter. Ihr neuer Mann, der Amerikaner, wollte unbedingt in die USA heimkehren. Mit einem »fast erwachsenen« Stiefsohn allerdings wollte er sich nicht belasten. So kam Eddie mit gerade mal vierzehn in ein mit amerikanischen Dollars bezahltes, superteures Internat irgendwo in Bayern. Jährliche gegenseitige Besuche waren verabredet, mal in den USA, mal im Internat. Eddie flog aber nicht in die USA. Er wollte kein *Besucher* sein. Und kam seine Mutter zu ihm, wollte er nicht der *Besuchte* sein. Sie konnte auf ihn einreden, so oft, so lange und so laut sie wollte, er sah sie nur stumm an oder ging weg.

Ja, und jetzt? Jetzt arbeitete er schon seit fünfundzwanzig Jahren für *Nordwig & Co.* und war noch immer nicht Hauptabteilungsleiter geworden. Er hatte in dieser Firma seine Lehre gemacht und war ihr auch in wirtschaftlich schwierigen Zeiten treu geblieben. An ständig noch knackfesteren Fahrradschlössern herumzutüfteln, daran hing sein Herz. Zu mehr als zum Leiter des Entwicklungsbüros aber hatte er es in all dieser Zeit nicht gebracht. Die Hauptabteilungsleiter wurden von *außen* geholt – alle paar Jahre ein anderer – und versagten in unschöner Regelmäßigkeit. Nie zuvor hatten sie mit Fahrradschlössern zu tun gehabt, dennoch wurden sie dem Fachmann Edgar M. Marquardt vorgezogen. Und warum? Weil Johannes A. Nordwig und seine Söhne den eigenen Leuten nichts zutrauten. Wer von einer anderen Firma kam, auch wenn die zuvor nichts als Papiertüten gefertigt hatte, *musste* ja besser sein.

Eddie wurmte das, doch lachte er darüber. Heulen, Toben, Schreien würde ja auch nichts bringen, so verteidigte er seine Elefantenruhe vor Silvia. Viel besser sei es doch, die Macken der Chefs nicht so ernst zu nehmen. Und weil er in allem so dachte, nahm er auch diese Auszeit seines Sohnes nicht *so ernst. – War auch mal jung und schnell gelangweilt,* schrieb er in seiner zweiten Mail, *weiß, wie trist ein Schüleralltag sein kann. Doch sollte man nie zu weit aus der Reihe tanzen. Sonst schießt man sich selbst ins Knie. Also: Je eher du zurückkommst, desto besser.*

Gelangweilt? Schüleralltag? Deutlicher ging's nicht: Weder Silvia noch Eddie hatten sich wirklich mit seiner Mail befasst. Reden wollten sie, nicht schreiben, denn zum Reden musste er heimkommen. War ja auch viel einfacher, drum herumzureden als drum herumzuschreiben …

Lieber Eddie, so Mattis rasche Antwort, *danke für deine beiden und danke für Silvias drei Mails. Hab alles gelesen und bin nicht enttäuscht, weil ich ja gar nicht erwartet habe, dass ihr mich versteht. Aber bitte, kapiert es doch endlich: Ich bin nicht weggefahren, weil ich mal irgendwas erleben wollte. Ich bin weggefahren, weil ich mir über so einiges klar werden will und schon lange weiß, dass ihr mir dabei keine Hilfe sein könnt. Eure Mails beweisen es ja: Ihr geht gar nicht darauf ein, was ich euch geschrieben habe. Ihr wollt mich nur wieder in Reichweite haben.*

Wenn sie ihn nicht verstehen wollten, dann musste er eben auf harte Kante machen.

Immer wieder sagt ihr, dass ihr mir alle nur erdenklichen Freiheiten lassen wollt und Vertrauen zu mir habt. Und jetzt? Jetzt schraubt ihr euer »Vertrauen« auf Spar-

flamme runter, nur weil ich mal 'n paar Tage für mich allein sein will. Vertraut mir doch bitte wirklich mal, ich geh doch schon längst nicht mehr in den Kindergarten.

So! Mehr gab's dazu nicht zu sagen. Nur noch *Macht's gut, bis bald, euer Matti,* weg mit der Mail und danach ein paar Mal tief ein- und ausgeatmet und lange in den Himmel geblickt.

Der Nebel, er hatte sich verzogen. Eine diffuse Helligkeit breitete sich aus, bald würde die Sonne durchbrechen ... Und ja, mit einem Mal hatte er ein gutes Gefühl. Diese Mail an Eddie, das war endlich mal 'ne klare Ansage gewesen. Na, und wenn er schon so gut in Fahrt war, warum sollte er dann nicht gleich auch noch an Apfelschröder schreiben?

Lieber Herr Schröder, begann er, änderte diese Anrede aber sofort. Er hatte den Apfelschröder nicht *lieb.* – *Sehr geehrter Herr Schröder* passte besser, obwohl er gerade diesen Lehrer überhaupt nicht *ehrte.* Aber irgendwie musste er ihn ja anreden.

Noch mal kurz zum Himmel hochgeschaut und los ging's: *Sehr geehrter Herr Schröder, sicher wundern Sie sich, dass ich Ihnen schreibe. Aber ich will nicht warten, bis die Schule wieder anfängt, will endlich mal loswerden, was mir schon so lange stinkt.*

Tippte es ein und sah den Apfelschröder vor sich, sah, wie er Anfang der Neunten zum ersten Mal die Klasse betrat; er, ihr neuer Klassenlehrer, bei dem sie auch Mathe haben würden. Etwa fünfzig, nicht sehr groß, aber sehr kompakt stand er vor ihnen, und *so* stellte er sich ihnen vor: »Heiße Schröder, Gerhard Schröder. Na, klappert's im Kasten? Namen schon mal gehört?«

Mildret meldete sich. »Es gab mal 'nen Bundeskanzler, der so hieß.«

»Richtig!« Apfelschröder freute sich. »Man nannte ihn auch den Basta-Kanzler, weil er nach jeder elend langen Diskussion irgendwann *Basta* gesagt haben soll und selber entschied, wo es langzugehen hatte. In dieser Hinsicht sind wir einander ähnlich, ansonsten eher nicht. Das mal vorweg.«

Was für eine Ankündigung! Und er hatte nicht übertrieben, sie merkten bald: Er mochte wirklich keine langen Diskussionen. Schüler, die auf seiner Linie lagen, wurden seine Freunde; wer Fragen stellte, die ihm nicht passten, den *kanzelte* des Ex-Kanzlers Namensvetter ab. Sein Lieblingswort: Stuss. »Was bekomme ich denn da schon wieder für 'nen Stuss zu hören?«, so ärgerte er sich, wenn wieder mal einer etwas gesagt hatte, was er als »hoffnungslos unklug« empfand. Oder er seufzte voll Mitleid mit sich selbst: »So viel Stuss an einem Vormittag, eigentlich bräuchte ich jetzt erst mal 'nen Schnaps.«

Die meisten lachten dann. Er, Matti, hatte da nie mitlachen können. Und das eigentlich schon vom ersten Tag an. Also kam er als *Freund* nicht infrage. Viele wären für Apfelschröder und seine Sprüche barfuß übers Feuer gelaufen – toller Lehrer, hatte Humor –, der Schröder und er aber, sie brauchten sich nur anzusehen, schon spürte der eine die Antipathie des anderen.

Ich weiß, dass Sie mich nicht mögen, tippte Matti weiter ein, *und das nehme ich Ihnen ja auch gar nicht übel. Beruht ja auf Gegenseitigkeit. Doch dürfen Sie mich deshalb schlechter benoten als andere? Zwei mal zwei ist vier, egal wer das sagt und mit welcher Betonung. Aber sage ich das, schwafeln Sie jedes Mal lange rum, als wäre das noch nicht die ganze Wahrheit. Und sag ich mal was Falsches, ist das für Sie wie ein Sechser im Lotto. Weil Sie mich dann wieder so richtig fertigmachen dürfen.*

Die zweite klare Ansage dieses Tages. Er fühlte richtig, wie sehr ihn seine Worte befreiten. Da lernte er und lernte, weil Mathe ja nicht gerade sein Lieblingsfach war, der Schröder aber suchte immer nur nach seinen Schwachstellen. Wie verlogen war das denn, wenn er andererseits tönte: »Ich will euch alle durchs Abitur bringen, lasse keinen zurück, und wenn ich euch den Lehrstoff mit Hammer und Meißel ins Gehirn pflanzen muss.«

Alles nur Gedöns! In Wahrheit verachtete der Schröder alle, die in Mathe Schwierigkeiten hatten, da es seiner Meinung nach in Mathe ja *nur* um Logik ging. »Immer geradeaus denken, dann klappt das schon!«

Und dann auch noch diese Apfelkistenaktionen, denen er seinen Spitznamen verdankte! Ein Versuch, sich selbst zu beweisen, dass er der kumpelhafteste Lehrer aller Zeiten war? Den ganzen September und Oktober über hatte er jede Woche eine Kiste voller Äpfel angeschleppt, in seinem Garten selbst gepflückt, alles bio und damit garantiert das Beste vom Besten.

»Nehmt euch, so viel ihr wollt, an meinen Bäumen hängen noch genug«, tönte er gleich beim ersten Mal und machte dabei ein Gesicht, als würde er für diese Spendenaktion in die *Hall of Fame* aufgenommen. Er aber, Matti, war mal wieder aus der Reihe getanzt, weil der Schröder und er da längst wussten, dass sie keine Freunde mehr werden würden. »Esse keine Äpfel«, hatte er gesagt und als Einziger in der Klasse nicht in die Kiste gegriffen, »vertrag nur Birnen«.

Einen Blick erntete er dafür! Als wollte der Schröder Löcher in ihn brennen. War natürlich blöd, dass er das gesagt hatte, doch hätte er sich von einem Lehrer etwas schenken lassen dürfen, mit dem er sonst nicht klarkam?

Von diesem Tag an war aus ihrem kalten Krieg ein heißer geworden. Der Schröder nahm ihn kaum noch ran und er meldete sich bei ihm nicht mehr. Nur im Schriftlichen wurde er noch benotet. Und das kaum jemals fair.

Falls Sie sich fragen, warum ich Ihnen das alles schreibe, nur so viel: Bevor Sie mein Klassenlehrer wurden, bin ich eigentlich immer ziemlich gern zur Schule gegangen. Hab mich mit den meisten Lehrern gut verstanden. Einer wie Sie aber hätte gar nicht erst Lehrer werden dürfen. Weil Sie sich ja nur selbst darstellen wollen.

Er schrieb das wirklich hin. Aber natürlich wusste er schon, dass er diese Mail niemals abschicken würde. Auch wenn er nach der Zehnten von der Schule abgehen würde, hieße das ja, dass noch ein ganzes Schuljahr vor ihm lag. So lange musste er den Apfelschröder noch ertragen, denn ohne mittleren Schulabschluss, das stand fest, würde er kaum einen vernünftigen Ausbildungsplatz finden.

Er las die Mail noch einmal durch. War ja vielleicht doch alles zu sehr aus seiner Sicht beschrieben. Konnte ja sein, dass er eine Mitschuld daran trug, dass es mit dem Schröder nicht klappte. Wenn zwei vom ersten Tag an einander unsympathisch sind, muss ja nicht einer allein der Schuldige sein. Trotzdem: Irgendwie eine schiefe Sache, wenn der eine Tag für Tag die Ungerechtigkeiten des anderen ertragen muss.

Er überlegte ziemlich lange, dann aber, ganz plötzlich, als hätte er sich selbst in den Bauch geboxt, streckte er die Hand aus und schickte die Mail ab. Nur eben nicht an den Schröder, sondern an Silvia und Eddie.

PS: Lest mal, was ich dem Apfelschröder schreiben würde, wenn ich dürfte, wie ich wollte.

Messer am Hals

Freitagvormittag, Sonnenschein. Laut vor sich hin pfeifend radelte Matti durch diesen endlich wieder blauen Tag. Er freute sich. Auf Elena. Inka würde er heute ja kaum zu Gesicht bekommen – Mark und sie wollten an die Ostsee –, doch vielleicht würde er sich mit Elena mal ein bisschen länger unterhalten können. Machte richtig Spaß, mit ihr zu reden. Nicht nur, dass sie ziemlich klug war, sie war auch witzig. Und sie nahm vieles ernst, das auch er ernst nahm.

Sie war schon da und – was für ein Glück! – weit und breit niemand zu sehen, der stören könnte. Er stieg ab, lehnte das Rad gegen die *Futterkiste* und grüßte gut gelaunt.

»Ja, guten Morgen! Na, vom Regen nicht weggeschwemmt?« Sie lächelte mal wieder. Diesmal allerdings so, als hätte sie es lieber gesehen, wenn jemand anderes gekommen wäre. Oder täuschte er sich?

»Nee, alles halb so schlimm. Und dafür haben wir ja heute super Wetter. Da weiß man gar nicht, was man vor lauter Begeisterung alles anstellen soll.«

»Na, das wird dir schon noch einfallen.« Prüfend sah sie ihn an.

»Sag mal, hast du 'nen Augenblick Zeit?«

Seltsame Frage! Er hatte alle Zeit der Welt. »Klaro! Worum geht's?«

Sie zögerte kurz, dann lächelte sie erneut. Diesmal eher verlegen. »Fein! Ich … na ja, ich muss nämlich mal müssen … Ist ziemlich dringend und ich will doch deswegen nicht extra die Klappe schließen. Sonst haut mir noch die Kundschaft ab … Könntest du mal paar Minuten auf meine kostbaren Delikatessen und die Kasse aufpassen? Kommt wer, sag einfach, dass ich gleich wieder zurück bin.«

Was für ein Vertrauensbeweis! Zwar hatte sie ihn nur gefragt, weil rundum kein Windecker in Sicht war, den sie hätte darum bitten können. Doch sie hätte ihren Laden ja trotzdem kurz dichtmachen können, wenn sie ihn nicht für vertrauenswürdig halten würde.

»Klar! Mal auf ein ganzes Kaufhaus aufpassen dürfen, das war schon immer mein Traum.« Er grinste breit.

»Gut, dann flitz ich jetzt mal schnell zur Frau Klatt. Die wohnt gleich neben der Kirche und ist solche Überraschungsbesuche schon gewohnt.«

Und damit lief sie los und er betrat die *Futterkiste*, setzte sich auf ihren Hocker und ließ den Blick schweifen.

Aus der Innenperspektive wirkte dieser mobile Laden viel geräumiger. Unterhalb des Verkaufstresens stapelten sich Kisten und Kartons, genauso tief unter den Regalen. Sein Blick fiel auf die Schublade, in die Elena ihre Einnahmen legte und in der sie das Wechselgeld aufbewahrte. Ihre Kasse! Nicht mal abgeschlossen hatte sie die. Oder hatte sie das schon getan, bevor er kam?

Ob er mal dran zog, nur um zu sehen, wie weit ihr Vertrauen reichte? – Nee, lieber nicht! Wenn das jemand sah, was musste der dann denken?

Vor ihm dämmerte der so unbelebte, sonnenüberflutete Platz, als hätte das Dorf noch nicht richtig ausgeschlafen. Keine Menschenseele, kein Hund, keine Katze ließ sich blicken. Alles war still, nur in der *Futterkiste* brummten und summten Kühlschrank und Tiefkühler. Ja, und da hätte beinahe auch er noch ein bisschen die Augen zugemacht, wenn, ja, wenn sich in diesem Augenblick vom Ortseingang her nicht doch noch jemand dem Platz genähert hätte: ein Junge, südländischer Typ, rabenschwarzes Haar, sehr braune Haut. Den hatte er schon gesehen, als er nach Windeck hineinfuhr; den hätte er gar nicht übersehen können. Seine Jeans war ihm mindestens eine Nummer zu groß, die dicke, blaue Jacke für den Sommer viel zu warm. Er hatte geschaut, als warte er auf jemanden. Und als Matti an ihm vorüber war und sich noch mal umdrehte, blickte der Junge ihm nach. Irgendwie fragend. Was er ziemlich seltsam fand. Wenn der Typ irgendwas wissen wollte, warum hatte er ihn nicht einfach angesprochen? Und überhaupt: Was der wohl hier zu suchen hatte? In Berlin, klar, da wäre so einer gar nicht aufgefallen. Aber hier – in Windeck?

Der Junge, kleiner als Matti, gedrungene Figur, rundes Gesicht, aber etwa in seinem Alter, sah zu ihm her, blieb stehen, machte wieder ein paar Schritte – und blieb erneut stehen.

Wieso traute der sich denn nicht, näher zu kommen? Vielleicht, weil er noch nicht so gut Deutsch sprach?

»Komm doch her!« Wie ein gutmütiger alter Onkel winkte Matti ihn heran. »Werd schon mitkriegen, was du wissen willst.«

Kaum hatte er das gesagt, rannte der Junge plötzlich los, als hätte er nur auf eine solche Einladung gewartet. Matti wollte über ihn lachen, doch fror ihm schnell das Gesicht ein. Was machte der denn? Wo wollte er hin? Der blieb ja nicht vor dem Verkaufstresen stehen … Mit weit aufgerissenen Augen kam er durch die Tür gestürmt – und hielt ein Messer in der Hand. »Geld!«, verlangte er mit heiserer Stimme und trat gleich darauf mit dem Fuß auf, wie um seiner Forderung Nachdruck zu verleihen. »*Money!* Schnell!«

Unwillkürlich war Matti aufgesprungen, um sich vor die Schublade mit Elenas Einnahmen zu stellen. »Spinnst du?«, schrie er, so laut er konnte. »Du Idiot, du kannst doch hier keinen Überfall starten … Oder willst du wegen der paar Euro fuffzig in den Knast wandern?«

Vielleicht hörte ihn ja jemand; jemand, der ihm zu Hilfe kommen konnte.

Der Junge jedoch fuchtelte nur noch aufgeregter mit dem Messer herum. »Geld!«, sagte er wieder – und dann hielt er Matti dieses nicht sehr lange, aber offensichtlich sehr scharfe, in seiner Hand zitternde Messer mit einem Mal an den Hals. »Bitte, Geld!«, flehte er.

Matti spürte, wie sich in seinem Bauch alles zusammenzog. Der Junge – das bewiesen die übernatürlich weit aufgerissenen Augen, das Zittern seiner Hand und dieses seltsame, nicht zu einem Überfall passende »Bitte!« – hatte Angst vor dem, was er hier tat. Aber vielleicht machte ihn das ja gerade besonders gefährlich? Was, wenn er noch mehr in Panik geriet? »Mach doch keinen Scheiß!«, flehte er zurück. »Das lohnt sich doch gar nicht … Außerdem ist die Kasse ja zu … Hau am besten gleich wieder ab, dann passiert dir nichts.«

Aber ob der ihn überhaupt verstand? Wenn ja, dann glaubte er ihm nicht. Denn jetzt hielt er ihm das Messer noch dichter an den Hals; so dicht, dass er den kalten Stahl spürte. »Geld, du – sonst …«

Matti fuhr so weit zurück, dass er mit dem Rücken gegen die Regalbretter stieß. Wie festgenagelt stand er da. Der Junge aber ließ nicht von ihm ab. Wieder spürte Matti die Hand zittern, die ihm das Messer an den Hals hielt. »Aber die Kasse ist ja wirklich zu!«, konnte er da nur noch schreien, und wie zum Beweis zog er an der Schublade, hoffend, dass Elena sie vorher abgeschlossen hatte. Doch nein, die Schublade ließ sich öffnen, und das ganz leicht.

Der Junge und er, beide starrten sie die Zettel, Geldscheine und Münzen an, die da so ungeordnet nebeneinanderlagen. Ein Fünfzig-Euro-Schein war darunter, mehrere Zwanziger, Zehner und Fünfer und zahlreiche große und kleine Münzen. War ja noch früh, viel hatte Elena um diese Zeit noch nicht eingenommen.

Der Junge fasste sich als Erster. Mit der linken Hand hielt er weiter das Messer an Mattis Hals, mit der rechten griff er in die Schublade, um sich nacheinander alle Geldscheine und Münzen in die Hosentasche zu stopfen. Matti konnte nur zusehen, bis auch der letzte Cent darin verschwunden war. Danach ging der Junge ganz langsam rückwärts, dabei das Messer immer weiter vor sich hin gestreckt haltend. Erst in der Tür sagte er wieder etwas, in einer fremden, sehr guttural klingenden Sprache.

War das Arabisch? Und sollte es irgendeine Art von Erklärung oder Entschuldigung sein?

Noch einen letzten Blick warf der Junge ihm zu, dann spähte er – das Messer wie zur Abwehr immer weiter in Mattis Richtung haltend – erst mal vorsichtig auf den noch immer totenstill daliegenden Dorfplatz hinaus. Bis sein Blick auf Mattis Rad fiel. Kurz dachte er nach, dann warf er schon das Messer weg, als würde es ihn plötzlich stören, stürzte aus der Tür, schwang sich in den Sattel und trat wie wild in die Pedalen.

Ein, zwei Sekunden stand Matti wie gelähmt, dann hetzte er ihm nach. Jetzt hatte die Situation sich umgekehrt, jetzt hatte dieser Dieb kein Messer mehr, und wer war denn der Größere, Kräftigere?

Doch natürlich brachte es nichts, nur hinter ihm herzulaufen. Auf dem Rad war er nicht einzuholen. Aber da war plötzlich dieser Steinhaufen – jede Menge kaputte Ziegelsteine, vor einem Abrisshaus türmten sie sich zu Bergen. Einer dieser Steine flog ihm wie ganz von selbst in die Hand. Er wollte den Flüchtenden nicht verletzen, nur aufhalten. Es war nichts als ein wütender Verzweiflungswurf, um sein Rad und Elenas Einnahmen vielleicht doch noch zu retten. Er traf ihn dann aber ausgerechnet am Hinterkopf, sah, wie er aufs Straßenpflaster stürzte – und liegen blieb.

Im Nu war er bei ihm, um ihn wieder auf die Beine zu stellen, ihm das gestohlene Geld abzunehmen und vielleicht auch ein bisschen sein Mütchen an ihm zu kühlen. Dieses scharfe Messer an seinem Hals, es hatte ihn zu Tode erschreckt.

Der Junge jedoch rührte sich nicht.

»He! Du!« Heftig schüttelte er ihn. »Spiel jetzt bloß nicht den Kaputten. Erst mit dem Messer rumfuchteln und dann auf Mitleid machen. Wie mies ist das denn? Sei froh, wenn ich dich am Leben lasse!«

Das Letzte war stark übertrieben, aber vielleicht brachte es diesen Messerhelden dazu, endlich die Augen zu öffnen. – Doch nein, er schien ihn gar nicht gehört zu haben.

Spielte der ihm etwa doch nichts vor? Matti spürte, wie die kalte Angst in ihm hochkroch. »Mensch, mach jetzt bloß keinen Mist!«, flehte er. »Rück das Geld raus und verschwinde! – Verdammt, warum machst du denn auch so 'nen Scheiß?«

Umsonst! Noch immer keine Reaktion. Der Junge schien total weg zu sein. War er etwa – tot? Matti überkam Panik. Hilfesuchend blickte er sich um – und sah voller Erleichterung Elena angelaufen kommen. Schon von Weitem rief sie: »Was ist denn passiert? Wollte der dein Rad klauen?«

»Nicht nur das Rad.« Seine Worte überstürzten sich. In weniger als einer Minute hatte er den ganzen Vorgang erzählt, während Elena sich sofort neben den Jungen kniete, seinen Puls befühlte und ihr Ohr an seine Brust legte.

»Nein! Der ist nicht tot, nur ohnmächtig.« Nachdenklich pustete sie sich eine Haarsträhne aus der Stirn. »Trotzdem: Es könnte Schlimmes passiert sein … Wir müssen ihn nach Seldwitz bringen, ins Krankenhaus. Einen Arzt gibt's hier ja schon lange nicht mehr.« Und mit vor Sorge ganz heiserer Stimme bat sie Matti, schnell zu Hadscha Krey zu laufen. »Er muss ihn hinfahren. Gleich! Meine Kiste ist ja viel zu langsam … Wenn ihr euch beeilt, seid ihr schneller als der Notdienst oder die Feuerwehr. Die müssten ja erst mal herkommen …«

Der alte Hadscha war ein rasanter Fahrer. In seinem wuchtigen *Moskwitsch* bretterte er über die Landstraßen, als freute er sich, seinem »Russentraktor« mal wieder so richtig die Sporen geben zu dürfen. Matti auf dem Rücksitz wusste nicht, wie ihm zumute war. Elena hatte den Jungen so zu ihm hineingebettet, dass er den noch immer Ohnmächtigen, wenn es in die oft sehr engen Kurven ging, an den Schultern festhalten konnte. Ob er wollte oder nicht, immer wieder musste er ihm ins Gesicht schauen: Was hatte er da bloß getan? Wie hatte ihm, ausgerechnet ihm, der doch kein Brutalo war, so etwas nur passieren können?

Das Messer des Jungen lag auf dem Beifahrersitz. Der alte Hadscha hatte es dahin gelegt, zu dem ganzen Vorfall bisher aber noch nichts gesagt. Basecap in die Stirn gezogen, Schnäuzer gesträubt, die Hände ans Lenkrad gekrallt, raste er die Straßen entlang, gab Gas, bremste ab und gab wieder Gas.

Doch bedeutete das nicht, dass er schwieg. Im Gegenteil, er redete pausenlos. Anfangs nur über sein altes Auto. »Russische Marke«, hatte er Matti schon nach dem ersten Kilometer erklärt, »vor dreißig Jahren von privat gekauft. War also damals schon 'n Gebrauchter und deshalb teurer als 'n Neuer. Und warum? Na, weil du 'nen Gebrauchten sofort bekommen hast. Auf einen Neuen musstest dein halbes Leben lang warten ... Der alte Spruch ›Zeit ist Geld‹ gilt eben auch umgekehrt: Geld spart Zeit, oder?«

Er lachte, als gäbe es in diesem Moment kein anderes Gesprächsthema. »Allerdings musste, wer sich auf so 'n Geschäft einließ, 'n bisschen was von Autos verstehen. Um notfalls selbst dran rumbasteln zu können. Was heute natürlich noch mehr gilt. Gibt ja längst keine Ersatzteile mehr. Tscha, aber ich fahr ja nicht mehr groß herum! Windeck – Seldwitz und zurück, damit hat's sich.«

Und wie um Matti zu beweisen, dass sein »Russentraktor« es noch immer brachte, startete er öfter riskante Überholmanöver. Dann jaulte der Motor auf, als gefielen ihm solche Jagden längst nicht mehr, aber er gehorchte bereitwillig.

So erreichten sie innerhalb von zehn Minuten das Seldwitzer Krankenhaus, und Hadscha Krey stürzte hinaus, um das Team von der Notaufnahme zu informieren. Kaum war er weg, kamen zwei Männer in weißen Hosen und weißen Hemden angelaufen. Vorsichtig legten sie den Jungen auf ein fahrbares Tragegestell und liefen mit ihm davon.

Endlich durfte auch Matti aussteigen. Hilflos sah er den alten Hadscha an. Und nun? Wie würde alles weitergehen?

»Gehen wir rein. Sie werden sicher ein paar Fragen an uns haben.« Der alte Hadscha nahm das Messer vom Beifahrersitz und betrat vor Matti das nur zweistöckige Gebäude, in dem die Notaufnahme untergebracht war.

Auch hinter der Tür war es jetzt, in der Mittagszeit, nicht gerade kühl. Das Krankenhaus lag in der prallen Sonne und Matti war auch innerlich sehr heiß zumute. Elenas *Futterkiste,* der Überfall, das Messer an seinem Hals, zuletzt der Stein – war das alles nicht nur wieder einer seiner Albträume?

Die junge, sehr beschäftigte Frau in der Notaufnahme bat sie, im Wartezimmer Platz zu nehmen, der Oberarzt werde gleich kommen. Still setzten sie sich in den schmalen, einfenstrigen Raum und warteten. Fünf Stühle links, fünf Stühle rechts, neben der Tür ein Wasserspender, mehr gab es in diesem kahlen, zartgrün gestrichenen Raum nicht zu sehen. Auch waren sie die Einzigen, die hier warteten.

Matti spürte, wie die Unruhe in ihm wuchs. Immer wieder sah er Hadscha Krey an, der das Messer des Jungen auf den Stuhl neben sich gelegt hatte. Warum fragte er ihn denn nichts? Er hätte doch nie und nimmer zu diesem Stein greifen dürfen … Dann wäre der Junge eben mit den paar Euros aus Elenas Ladenkasse und seinem Rad davongekommen, na und? Elena hätte ihre *Futterkiste* deswegen nicht aufgeben müssen, und er, ohne Rad? Auch keine Katastrophe! Er hätte ja nur die Eltern anrufen müssen, sofort wären sie gekommen, um ihn abzuholen. Und klar, irgendwann hätte er ein neues Rad bekommen …

»Ich … ich hab das nicht gewollt«, sagte er leise.

»Weiß ich doch.« Hadscha Krey schob sich seine Basecap aus der Stirn. Auch ihm war heiß. »So viel Menschenkenntnis traust du mir doch wohl zu, oder?«

Eine eher schwache Beruhigungspille. »Das Geld …« Matti musste jetzt einfach reden. »Das hat er noch immer in der Tasche.« Weder Elena noch er hatten daran gedacht, es dem Jungen wieder abzunehmen. Sie hatten es total vergessen; all die Scheine und Münzen, auf einmal waren sie gar nicht mehr wichtig gewesen.

»Wie viel war's denn?« Hadscha Krey fehlte seine Pfeife, in der Eile hatte er keine mitnehmen können. Unruhig kaute er an seinem Schnäuzer.

»So um die hundertfünfzig Euro … Oder 'n bisschen mehr. So genau hab ich das nicht gesehen.«

»Na, das ist ja nicht viel.«

Nein, das war wirklich nicht viel. Vor allem dann nicht, wenn dem Jungen etwas Schlimmes passiert sein sollte.

Matti wollte noch weiterreden, da betrat ein dunkelhaariger, sehr hagerer Mann im weißen Arztkittel den Raum. Erst gab er Hadscha Krey die Hand, dann Matti. »Wieland mein Name«, so stellte er sich ihnen vor. »Bin hier Oberarzt.« Und dann setzte er sich ihnen direkt gegenüber und sagte ernst: »Der Junge ist leider noch nicht wieder zu Bewusstsein gekommen. Doch gehen wir vorläufig nur von einer Gehirnerschütterung aus. Wenn auch von einer recht schweren. Genaueres werden die Untersuchungen ergeben. Allerdings wäre es nützlich zu wissen, was denn überhaupt passiert ist.«

Auffordernd sah er Matti an und stockend begann Matti zu erzählen. Als er von dem Stein berichtete, schossen ihm die Tränen in die Augen. »Ich ... ich wollte das doch gar nicht. Wollte nur seinen Rücken treffen ... War so wütend ... Sein Messer, er hat's mir direkt an den Hals gehalten.«

»Er hat dir ein Messer an den Hals gehalten?« Der Arzt runzelte die Stirn. »Wo denn genau?«

Matti zeigte auf die Stelle und Dr. Wieland besah sie sich. »Ja, da ist was zu sehen.« Betroffen schüttelte er den Kopf. »Kein Schnitt, aber ein ziemlich deutlicher Abdruck.«

»Bitte schön!« Mit beiden Händen hielt Hadscha Krey ihm das Messer hin. »Da haben wir's , das Corpus Delicti. Davor kann man schon Angst bekommen, oder?« Zu Matti sagte er nur: »Ist ja klar, dass du wütend warst. In dem Fall hätt ich auch mit Steinen geworfen. Wer verliert in einer solchen Situation denn nicht die Nerven?«

»Ja, alles nicht sehr schön.« Dr. Wieland seufzte und stand auf. »Aber gut, dass Sie das Messer an sich genommen haben. Übergeben Sie's bitte der Polizei. Die müssen wir ja nun benachrichtigen. In solchen Fällen ist unser Haus zur Meldung verpflichtet.«

»Keine Frage!« Der alte Hadscha hatte sich das schon gedacht. »Die Sache muss geklärt werden, oder?«

Er sah Matti an.

Erst schluckte Matti nur, dann nickte er.

Gute Lügen, böse Lügen

Wieder hieß es warten. Und diesmal verging noch mehr Zeit, bevor endlich zwei Polizisten den Warteraum betraten. Der eine etwas älter, groß und ziemlich füllig, der andere noch sehr jung, blass und weißblond. Zuerst begrüßten sie den alten Hadscha, den sie offensichtlich gut kannten, dann Matti. Danach saßen sie ihnen gegenüber und machten ernste Gesichter. Anlass für Hadscha Krey, Matti die Hand auf die Schulter zu legen.

Der Blonde bemerkte es, nahm seine Mütze ab, fuhr sich mit dem Taschentuch über die rot verschwitzte Stirn und grinste wie ein Viertklässler. »Spielste Großvater?«

»Aber klar! Meine liebste Rolle.« Hadscha Krey grinste zurück, fügte aber gleich erklärend hinzu: »Gute Freunde sind wir, oder? Hab ihn hergefahren, und den armen Jungen, der noch nicht wieder zu sich gekommen ist, auch.«

»Wie heißt du denn und wo kommst du her?« Der ältere Polizist, ein gutmütiger Typ, sah Matti an.

Matti nannte seinen Namen, sagte, er komme aus Berlin, verriet auf Nachfrage des Blonden, der alles notierte, auch seine Adresse und die Namen seiner Eltern und wartete voller Unruhe weitere Fragen ab. Natürlich wollte er die Wahrheit sagen. Dumm nur, dass ihm die immer weniger gefiel: Bevor er den Stein geworfen hatte, war er das *Opfer* gewesen – Opfer eines Überfalls –, danach war er zum *Täter* geworden. Daran gab es nichts zu zweifeln, denn sollte dem Jungen etwas Ernsthaftes passiert sein, wessen Tat war dann die schlimmere?

»Aus Berlin bist du? Also Feriengast?« Wieder der ältere Polizist.

»Ja.«

»Und? Wo bist du untergekommen?«

Matti wollte auch den beiden Männern in den blauen Uniformen die Geschichte vom Zelt im Wald auftischen – um dem alten Hadscha nicht ausgerechnet in dieser Situation die Wahrheit beichten zu müssen –, doch Hadscha Krey kam ihm zuvor. »Bei mir wohnt er, wo denn sonst? Er hat mal mit seinen Eltern hier Ferien gemacht, daher kennen wir uns.«

»Und diesmal bist du allein hier?« Der jüngere Polizist runzelte die Stirn, als erschiene ihm das sehr ungewöhnlich.

»Ja.«

»Und wie lange schon?«

»Knapp 'ne Woche.« Erneut war der alte Hadscha schneller gewesen. »Seine Eltern haben ihn mir anvertraut … Tscha, und warum denn auch nicht? Bin doch 'ne vertrauenswürdige Person, oder?«

Er lachte leise in sich hinein, und Matti blieb nichts anderes übrig, als zu alldem zu nicken und zu hoffen, dass die beiden Polizisten ihm seine Überraschung nicht ansahen. – Warum log der alte Hadscha? Hatte er etwa von

Anfang an gewusst, dass die Geschichte vom Zelt im Wald nicht stimmte? Und glaubte er, dass es nicht gut war, auch den Polizisten diese Story zu erzählen?

Den älteren Polizisten interessierte nicht, wer wie lange wo gewohnt hatte. Er wollte zur Sache kommen. »Nun erzähl mal, was passiert ist! Aber bitte hübsch der Reihe nach und nicht zu flott, sonst kommen wir mit dem Protokoll nicht nach.«

Also waren die Notizen, die der blonde Beamte sich über ihr Gespräch machte, bereits ein *Protokoll*? Mattis Unruhe wuchs ins Unermessliche. Klang alles so verdammt ernst. Noch langsamer als gewünscht begann er zu erzählen, bis er dann doch nicht mehr an sich halten konnte und seine Worte sich überstürzten. Er berichtete alles so, wie es gewesen war, nur dass er den Jungen schon am Dorfeingang herumstehen gesehen hatte, sagte er nicht. Hätte er das getan, hätte er zugeben müssen, von außerhalb in den Ort gekommen zu sein. Wie passte das zu Hadscha Kreys Lüge, dass er bei ihm untergekommen war?

Als endlich alles heraus war, wies der alte Hadscha auf Mattis Hals. »Das mit dem Messer kann man sehen. Dr. Wieland haben wir's auch gezeigt. Richtig erschrocken war er gewesen, oder? Und das Corpus Delicti haben wir auch mitgebracht.«

Er wollte dem jungen Blonden das Messer überreichen. Doch zog der nur eine kleine, durchsichtige Plastiktüte aus der Jackentasche und hielt sie ihm hin. »Wirf's mal lieber hier hinein.«

»Aha!« Der alte Hadscha freute sich. »Das ist jetzt wie in so 'nem Krimi im Fernsehen, oder? Allerdings sind da inzwischen noch mindestens zwei Fingerabdrücke mehr drauf. Unsere gute Elena hat's angefasst und ich auch.« Und als eine Art feierlichen Akt ließ er das Messer in die Tüte gleiten.

»Reine Routine.« Der Blonde winkte ab. »Ich glaube nicht, dass wir in dieser Sache die Spurensicherung einschalten müssen.«

Der ältere Polizist beugte sich vor, um sich Mattis Hals anzusehen. »Ist ja fast angeritzt. Nicht viel und es hätte geblutet!«

»Hab aber gar nichts gemerkt.« Matti wollte nicht, dass der Junge in einen falschen Verdacht geriet. »Er … er wollte mir ganz bestimmt nichts tun, hatte ja selber große Angst … Nicht vor mir, nur vor dem, was er da tat … Bestimmt hat er nur deshalb so fest zugedrückt.«

»Genau meine Meinung.« Hadscha Krey nickte mal wieder zufrieden. »Wie 'n Raubmörder sieht dieser kleine Bursche ja nun wirklich nicht aus, oder?«

Schweigen. Der jüngere Polizist machte sich Notizen. Matti sah ihm zu und wurde immer unruhiger. Jetzt musste einer von den beiden doch endlich mal was Konkretes sagen. Fanden sie das mit dem Stein nicht in Ordnung, okay, dann würde er ihnen nicht widersprechen. War ja klar, wer mit Steinen warf, musste mit allem rechnen.

Der alte Hadscha brachte nicht so viel Geduld auf. »Musst dir keine Vorwürfe machen«, versuchte er Matti – mit Blick auf die Polizisten – zu beruhigen. »Ist ja klar, dass du völlig durch'n Wind warst. Erst das Messer, dann das Geld und zum Schluss auch noch dein Rad ... Da ist dir sozusagen der Verstand ausgerutscht, oder? Hätt mir auch passieren können.«

Die beiden Polizisten – Matti bemerkte es mit Erleichterung – schienen das nicht sehr viel anders zu sehen. Allerdings, so gab der ältere zu bedenken, müsse man stets die Verhältnismäßigkeit der Mittel beachten, mit denen man sich zur Wehr setzt. »In dieser Sache jedoch«, so meinte er danach, Matti beruhigend zunickend, »wird dir kaum jemand einen Vorwurf machen.«

»Aber der Junge!«, flüsterte Matti da nur noch. »Was ist, wenn er nicht wieder aufwacht?«

»Na, davon gehen wir vorerst mal lieber nicht aus.« Der ältere Polizist stand auf und sein junger Kollege steckte seine Notizen ein und erhob sich ebenfalls. »Solche Befürchtungen hat hier im Haus bisher jedenfalls noch niemand geäußert ... Allerdings wäre es vernünftig, wenn du für den Fall der Fälle schon mal deine Eltern benachrichtigen würdest. Vielleicht müssen sie ja herkommen.«

Wieder nickte er Matti zu und dann verabschiedeten sich die beiden Polizisten.

Der Junge war noch nicht wieder aufgewacht. Dr. Wieland hatte es ihnen gesagt, aber kein sehr besorgtes Gesicht gemacht, sondern von einer Computertomografie gesprochen, die er habe durchführen lassen und die nichts Beunruhigendes ergeben habe. »Soll er also noch ein bisschen weiterschlafen. Er ist ja sehr geschwächt, hat sicher schon lange nichts Ordentliches mehr gegessen. Bald wird er wieder zu sich kommen und dann sehen wir weiter.«

Eine Auskunft, die Matti kaum beruhigt und die auch Hadscha Krey nicht zufriedengestellt hatte. So verlief die Rückfahrt, die über einen Ort namens Zassow führen sollte, eher schweigend. In Zassow wollten sie Elena treffen, Bericht erstatten und ihr ausrichten, dass sie das gestohlene Geld erst später zurückerhalten werde. Die Polizisten hatten es dem Jungen zwar abgenommen, aber erst mal einbehalten – als Beweismittel.

Hadscha Krey fuhr jetzt sehr viel langsamer als auf der Hinfahrt; gab ja keinen Grund mehr, sich zu beeilen. Und als Matti ihn endlich doch mal etwas fragte, hielt er am Straßenrand, als fiele es ihm plötzlich schwer, zu fahren und gleichzeitig zu reden.

Matti hatte wissen wollen, weshalb er den Polizisten denn vorgelogen habe, er sei sein Feriengast. »Das stimmt doch gar nicht.«

»Tscha!« Der alte Hadscha, noch immer ohne Tabak und Pfeife, kaute mal wieder an seinem Schnäuzer. »Hab da gar nicht lange drüber nachgedacht ... Glaubte, ist besser so. Sonst wären sie vielleicht misstrauisch geworden ... Ein Junge in deinem Alter ganz allein im Wald campierend? Klingt 'n bisschen sehr abenteuerlich, oder?

»Wieso?« Matti wurde rot.

»Na ja, vielleicht hätten sie dein Zelt sehen wollen ... Oder sie hätten sich bei deinen Eltern gemeldet – wegen Vernachlässigung der Aufsichtspflicht oder wie das heißt.

Bist ja noch nicht volljährig. Die Polizei – so ist das nun mal – will immer wissen, mit wem sie's zu tun hat. Und decken sie eine Unwahrheit auf, zweifeln sie prompt auch alles andere an.«

Also hatte der alte Hadscha tatsächlich die ganze Zeit über Bescheid gewusst? Und nichts gesagt? – Kein sehr schönes Gefühl.

»Keine Sorge!« Hadscha Krey zuckte die Achseln, als wäre so eine Lüge überhaupt nichts Besonderes. »Nehm dir die Versteckspielerei nicht übel. Wirst schon deine Gründe dafür gehabt haben, einem Fremden nicht gleich alles auf die Nase zu binden ... Tscha, und später? Da ist's dann schwer, geradezurücken, was am Anfang schiefgelaufen ist. Kenne so was gut!«

»Danke!« Mehr brachte Matti nicht heraus.

Hadscha Krey winkte ab. »Da doch nicht für! Sag mir lieber, ob du dich denn nun bei deinen Eltern melden wirst. In Anbetracht dieser unsicheren Situation wäre das vielleicht gar nicht so verkehrt, oder? Weiß ja keiner, wie die Sache weitergeht.«

»Mal sehen.«

Darüber wollte Matti erst nachdenken. Erzählte er Silvia und Eddie, was passiert war, würde er sie nicht länger hinhalten können; dann würden sie vor Sorge um ihn ausrasten und innerhalb von zwei Stunden hergedüst kommen. Falls der Junge aber nicht wieder aufwachen sollte, dann kam er um diesen Anruf nicht herum. Dann *musste* er das tun. Doch war das nach dem, was Dr. Wieland gesagt hatte, ja eher unwahrscheinlich.

Hadscha Krey dachte einen Moment nach, dann seufzte er. »Na gut! Ist ja deine Sache. Will mich da nicht einmischen, weiß ja nicht, was dich fortgetrieben hat.« Er fuhr wieder an, dachte aber weiter nach und fragte schließlich: »Und wo campierst du wirklich, wenn nicht im Wald? Im Fuchsbau, oder?«

Im Fuchsbau? Matti verstand nicht.

»Na, in der alten, seit vielen Jahren unbewohnten Ruine an der Straße, die zur Autobahn führt ... Als es hier noch Kinder gab, haben sie öfter dort gespielt. Inka auch. Das Anwesen wird so genannt, weil dort über Jahrhunderte hinweg die Familie Fuchs gewohnt hat.«

Nichts weniger als eine kleine Sensation, was Matti da zu hören bekam. Also hatte der alte Hadscha nicht nur geahnt, wo er wirklich hauste, er wusste auch, wer früher mal in diesem Haus gewohnt hatte ... Ohne zu zögern, gab er alles zu. Dass auch er mal dort gespielt habe, zusammen mit Inka, und dass er deshalb dort untergeschlüpft sei. »Hab nur vom Wald erzählt, weil ich nicht gefunden werden wollte.«

»Dacht ich's mir doch.« Hadscha Krey schnaubte zufrieden. »Und gekommen bist du allein wegen Inka, oder?«

Wozu das jetzt noch abstreiten? War ja viel einfacher, nur zu nicken und – um von diesem Thema abzulenken – selber eine Frage zu stellen: »Aber warum wohnt in diesem Haus denn schon so lange niemand mehr? So kaputt ist es doch gar nicht. Könnte man sich doch wieder ausbauen.«

Jetzt machte der alte Hadscha ein Gesicht, als habe

er diese Frage nicht nur erwartet, sondern sie sich sogar erhofft. »Das ist 'ne lange Geschichte … Aber wenn du willst, einverstanden, dann erzähl ich sie dir.«

Jener Familie Fuchs, so erfuhr Matti, während der alte Hadscha nur noch im Schritttempo die Landstraße entlangdümpelte, habe dieses Grundstück mehr als dreihundert Jahre lang gehört. Zuvor habe sie – laut Kirchenbuch – noch Fyks geheißen und mitten im Dorf gewohnt. Eines Tages aber muss es zwischen den Dorfbewohnern einen schlimmen Streit gegeben haben, bei dem ein junger Bursche namens Balthus Fyks ums Leben kam. Aus Protest gegen diese Gewalttat und aus Abneigung gegen die übrigen Dörfler sei die gesamte Familie Fyks danach auf eine ihrer Wiesen gezogen, so weit wie möglich von den anderen entfernt.

»Worüber gestritten wurde? Tscha, das weiß heute keiner mehr. Doch muss das Ganze wohl 'nen ernsthaften Grund gehabt haben, wenn's sogar einen Toten gab … Anfangs hauste die Familie dann lange in einer schnell errichteten Laubhütte, später errichtete sie am gleichen Fleck erst ein Haus aus Holz und noch später dieses Backsteinhaus.«

Es machte dem alten Hadscha Spaß, in seiner Erzählung so weit zurückzureisen; was er wusste, breitete er vor Matti aus.

»Im Lauf der Zeit änderte sich dann der Name. Aus Fyks wurde Fycks mit ck, aus Fycks Fychs und aus Fychs irgendwann Fuchs … Ob das an den Pfarrern lag, die früher ja oft nicht sehr schriftkundig waren und trotzdem das Kirchenbuch führen mussten? Keine Ahnung!« Er zuckte die Achseln. »Auf jeden Fall müssen all diese *Füchse* ziemlich nachtragende Reinickes gewesen sein. Über Jahrhunderte hinweg schotteten sie sich vom restlichen Dorf ab. Nie freite einer ein Windecker Mädchen oder eine verliebte sich in einen Windecker Burschen. Alle, die in die Familie einheirateten, kamen aus den umliegenden Dörfern.«

Ihre Tüchtigkeit jedoch, so der alte Hadscha weiter, während sein *Moskwitsch* immer öfter sogar von Radfahrern überholt wurde, machte die Fuchsfamilie im Lauf der Zeit wohlhabend. Ständig wurden Felder hinzugekauft, ganz egal wie weit abseits sie lagen, damit jeder Fuchssohn irgendwann sein eigenes gutes Auskommen hatte.

»Muss eine sehr arbeitsame, aber auch sehr ertragreiche Zeit über gleich mehrere Fuchs-Generationen hinweg gewesen sein … Bis, ja, bis dann ein Krieg den anderen jagte und auch die Familie Fuchs Opfer bringen musste. Die Namen kannst du auf dem Gedenkstein neben der Kirche nachlesen. Ein Friedrich Fuchs fiel 1870 – das war im Krieg gegen Frankreich –, zwei, Otto und Ernst hießen sie, fraß der Erste und einen Hans der Zweite Weltkrieg.«

Den letzten *Oberfuchs* hatte Hadscha Krey noch kennengelernt. »Willy hieß er. Als junger Mann war er den Nazis nachgelaufen … Es wird erzählt, dass er all den Scheiß geglaubt hat, den die Nazis ihm eintrichterten. Volk ohne Raum und so weiter. Weshalb er dann sogar *freiwillig* in den Krieg zog. Träumte wohl von noch mehr Feldern in Polen oder Russland ... Aber – das ist nun mal Fakt – es gibt kein Meer ohne Wasser und keinen Krieg ohne Blut. Zwar hatte der Willy Glück und überlebte all den Mord und Totschlag, doch geriet er vor Moskau in Gefangenschaft. Zehn mörderische Hunger- und Arbeitsjahre in Sommerglut und eisigen Wintern rissen ihn aus seinen Träumen. Tscha, und als er dann zurückkam, fühlte er sich schlimm betrogen und wollte an überhaupt nichts mehr glauben. Jede Art von Politik – für ihn nur noch Teufelszeug!«

Der alte Hadscha verstummte, um eine Weile still vor sich hin zu sinnieren, bis er Matti plötzlich neugierig ansah. »Ahnst, wie's weitergeht, oder?«

»Nee. Wie denn?« Matti interessierte diese Geschichte sehr. Endlich erfuhr er mal was über das Haus, in dem er untergeschlüpft und das ihm in den letzten Tagen so vertraut geworden war. Aber was weiter passiert sein könnte? Woher sollte denn ausgerechnet er das wissen?

»Na, stell dir vor, du wärst dieser Willy. Bist auf Lügen reingefallen, hast mit Mühe und Not dein Leben retten können und jetzt kommst du zurück und lebst auf der Seite deines ehemaligen Heimatlandes, auf der dir tagtäglich neue Lügen aufgetischt werden. Und dann, Höhepunkt des Ganzen, Bodenreform und Kollektivierung. Was bedeutete, nun sollst du Vieh, Ställe und Felder hergeben, also all den Besitz, den deine Familie sich im Lauf von Jahrhunderten erschuftet hat. Hattest dir mehr erträumt – und jetzt soll dir alles genommen werden? Was würdest du tun?«

Nicht leicht, darauf eine Antwort zu finden. »Ich würde mich dagegen wehren ... Wenn ich kann.«

»Siehste!« Der alte Hadscha nickte gleich mehrfach. »*Wenn du kannst*! Willy *konnte* aber nicht. In unserer ruhmreichen DDR *konnte* niemand. Jedenfalls nicht auf Dauer. Willy aber wollte partout nicht auch noch diesen zweiten Betrug schlucken. Also? Was tat er? Er verzichtete auf alles Hab und Gut, das ihm ja sowieso nicht mehr lange gehören würde, und siedelte sich – wie so viele andere auch – mit der gesamten Familie im Westen an. Obwohl das in Willys Fall geografisch nicht so ganz stimmte. Was aber alle erst sehr viel später erfuhren, als nämlich eines Tages ein Brief kam. Von Willys Frau. Sie benötigte irgendwelche Papiere vom Pfarramt, ihre älteste Tochter wollte heiraten .... Tscha, und wo kam dieser Brief her? Nicht aus dem nahen goldenen Westen, sondern aus dem fernen Australien. Gleich bis ans Ende der Welt waren die Füchse ausgerissen ... Ist doch verrückt, oder? Die alten Fykse sind nur so weit wie möglich vors Dorf gezogen, den Willy hat's gleich um den halben Globus getrieben.«

Wirklich eine verrückte Geschichte! Nur fand Matti sie ganz und gar nicht lustig. »Und ist nie einer wiedergekommen? Nicht mal zu Besuch?«

»Nee! Wiedergekommen ist bisher noch keiner. Vor 'n paar Jahren allerdings, da haben sich Erben gemeldet. Seither wird über *Rückübertragungsansprüche* verhandelt ... Tscha, und solange die Besitzfrage nicht geklärt ist, darf eigentlich niemand dort wohnen. Du auch nicht. Was aber die australischen Füchse mit der Ruine und all den

Feldern, die ihnen vielleicht bald wieder gehören werden, anfangen wollen?« Hadscha Krey hob die Hände und ließ sie zurück aufs Lenkrad fallen. »Vielleicht 'n Hotel bauen. Ferienanlage mit Golfplatz oder so was Schnuckliges. Ist ja nicht weit bis zur Ostsee, könnte 'n lohnendes Geschäft werden, oder?«

Erneut wurden sie von Radfahrern überholt. Einer lachte, einer tippte sich an die Stirn und schüttelte den Kopf. Der alte Hadscha winkte zurück, als hätten sie ihn nur freundlich gegrüßt, und dann schwieg er erst mal wieder längere Zeit, wie um seiner Geschichte selbst noch ein bisschen nachzuhängen.

Matti versuchte, sich den Fuchsbau vor vielen Jahren vorzustellen: Ein heiles Haus, eine Familie mit drei, vier oder noch mehr Kindern. Alle arbeiten sie fleißig – im Stall, auf den Feldern und Wiesen und in der großen Küche. Sonntags kommen die Söhne und Töchter, die längst eigene Höfe bewirtschaften, mit ihren Familien zu Besuch. Es gibt Hochzeiten, Kindtaufen, Beerdigungen. Jedes Mal sitzen sie alle in der sehr altmodisch eingerichteten guten Stube beisammen, essen und trinken, reden und lachen. Streiten auch mal. Vor den Fenstern weiße Gardinen, an der Wand ein Hitler-Bild. In einem Film über die Nazi-Zeit hatte er mal solch eine *gute Stube* gesehen …

»Dieser Willy«, sagte er leise, »der auf die Lügen der Nazis reingefallen war, der wollte keine weiteren Lügen mehr hören. Aber haben wir denn vorhin nicht auch gelogen?«

»Tscha, stimmt!« Hadscha Krey nickte ernst. »Asche auf mein Haupt! Nur meine ich, dass es im Leben unterschiedliche Arten von Lügen gibt, verzeihliche und unverzeihliche. Die vor achtzig und die vor sechzig Jahren, die waren von ganz anderem Kaliber als unsere kleine Schwindelei, mit der wir doch nur verhindern wollten, dass eine andere, noch viel kleinere Schwindelei aufflog, oder?«

Das war nicht ganz falsch, doch konnte man sich auf diese Weise ja aus allem Möglichen herausreden. Da Matti im Augenblick aber anderes mehr interessierte, hakte er nicht nach. »Und später?«, wollte er nur noch wissen. »Hat denn nach der Familie Fuchs niemand mehr in dem Haus gewohnt?«

»Doch, doch!« Jetzt ließ Hadscha Krey sich gleich von einer ganzen Gruppe bunt gekleideter und belustigt grinsender Radfahrer überholen. »Der Willy ist ja schon Ende der Fünfziger abgehauen. Danach haben immer wieder mal irgendwelche Leute im Fuchsbau gewohnt … Nur eben meistens nicht sehr lange. Wer was Besseres fand, war schnell wieder weg. Zuletzt – aber das war schon nach der Wiedervereinigung – hatten sich ein paar junge Leute dort eingenistet. Die wollten irgendwelche schrillen Musikstücke einüben und mit ihrem Lärm niemanden stören. Oft dröhnte es bis weit über die Felder. Aber dann müssen die sich gestritten haben. Von einem Tag auf den anderen waren sie verschwunden … Tscha, und jetzt? Jetzt muss ja erst mal geklärt werden, wem Haus und Land denn überhaupt gehören, bevor wieder Leben einkehren darf.«

Sagte es und zog sich mal wieder seine Basecap tiefer in die Stirn. »Wäre aber gut, wenn die Herren Anwälte endlich mal zu Potte kämen. Hier bei uns muss man doch für jedes bisschen neues Leben dankbar sein, ganz egal, ob das, was draus wird, einem gefällt oder nicht. Jedenfalls sehe ich das so. Andere dürfen gern ihre eigene Meinung haben, oder?«

Das Ortsschild: *Zassow 2 km*. Der alte Hadscha gab wieder Gas.

Zassow erinnerte an Windeck. Auch hier standen mehrere Häuser leer, es war kaum jemand auf der Straße zu sehen und Elenas *Futterkiste* parkte direkt vor der Kirche.

Hadscha Krey berichtete, dass der Junge leider noch nicht wieder zu sich gekommen war und weshalb er Elena die gestohlenen Einnahmen noch nicht mitgebracht hatte. Auch was die beiden Polizisten und der Arzt gesagt hatten, gab er Wort für Wort wieder.

Elena nickte nur still zu allem und übergab, als der alte Hadscha nichts mehr zu sagen wusste, Matti sein Rad. In der Eile hatte er es ja nirgendwo anschließen können und Elena hatte es nicht unbeaufsichtigt in Windeck zurücklassen wollen. Er bedankte sich bei ihr dafür, und sie lächelte ihm zu, als hätte sie ihn am liebsten umarmt.

Was ihn stutzig machte. Glaubte sie etwa, dass *sie* an allem die Schuld trug? Weil sie ihn mit der *Futterkiste* allein gelassen hatte? – Aber woher hätte sie denn wissen sollen, dass ausgerechnet in den paar Minuten, in denen sie fort war, ein Überfall stattfinden würde? Viel interessanter war doch die Frage, ob dieser Junge auch sie, eine erwachsene Frau, mit seinem Messer bedroht hätte. Oder ob er das nur gewagt hatte, weil ein etwa Gleichaltriger die Kasse bewachte.

»Tscha!« Der alte Hadscha seufzte schwer. »Bleibt uns nichts anderes zu tun übrig, als zu hoffen, dass der arme Kerl bald wieder aufwacht, oder?«

»Vielleicht ist er ja einer von den Flüchtlingen, die übers Mittelmeer zu uns gekommen sind.« Elena sah mal Hadscha Krey, mal Matti an. »Überlege schon die ganze Zeit, was ihn nach Windeck verschlagen haben könnte … Bei uns, na, da gibt's doch längst keine Schule mehr. Und Arbeit erst recht nicht. Und Verwandte von ihm, die hier wohnen könnten, fallen mir auch keine ein.«

»Sie wollten Brot und fanden den Tod«, deklamierte der alte Hadscha, als stände er auf einer Theaterbühne, verbesserte sich, als er Mattis erschrockenen Blick bemerkte, aber schnell: »Na ja, ›Tod‹ ist vielleicht 'n bisschen übertrieben … Andererseits auch wieder nicht, oder? Ist ja, wenn man's recht bedenkt, inzwischen der größte Friedhof der Welt, dieses früher so oft als blau und freundlich besungene Mittelmeer.«

Erst nickte Elena nur, dann sagte sie nachdenklich: »Bei meinem Großvater, da hing lange 'n alter Spruch an der Wand: *Lieber Gott, wir danken dir, dass die anderen sterben und nicht wir!* Gleich nach dem Krieg hatte er sich den an die Wand gehängt. Seiner Meinung nach hätten wir Dörfler, als die Bomben auf die Städte fielen, vielleicht nicht so gedacht, aber oft so gefühlt. Das setzte ihm lange zu und irgendwie wollte er mit diesem Spruch wohl die Leute und sich selbst erschrecken. Inzwischen frage ich mich, ob dieser Spruch nicht auch heute noch seine Berechtigung hat. Wir denken doch immer zuerst an uns selbst. Und vielleicht geht das ja auch gar nicht anders. Weil wir nun mal so sind, wie wir sind.«

Sie wollte darauf aber keine Antwort hören, schloss nur rasch die Verkaufsklappe, um alles für die Weiterfahrt vorzubereiten.

Brücken?

Vor seiner Ruine angelangt – er dachte jetzt aber schon: vor dem Fuchsbau –, lehnte Matti sein Rad an die Wand, trat mehrere Meter weit zurück und betrachtete das verfallene Haus mit ganz neuen Augen.

Kaum zu glauben, dass hier mal Kinder zur Welt gebracht wurden, gearbeitet, gekocht, gegessen, gelacht und getrauert wurde. Und das über Jahrhunderte hinweg. Ja, und wie all diese *Füchse* wohl ausgesehen, wie sie sich gekleidet, wie sie geredet hatten? Die beiden riesigen Linden neben dem Haus mussten viele von ihnen noch gesehen haben …

Mit einem nun eher respektvollen Gefühl betrat er das Haus, müde rollte er seinen Schlafsack aus, kroch hinein und schloss die Augen. Und das, obwohl es ja erst früher Nachmittag und also draußen noch ganz hell war.

Er wollte einfach nichts mehr *sehen* müssen. Dieser Tag hatte es in sich gehabt. Erst der Überfall, dann die wilde Fahrt zum Krankenhaus, später dieser Dr. Wieland, die beiden Polizisten und das Verhör. Und zuletzt auch noch Hadscha Kreys Geschichte über die Familie Fuchs …

Eine Weile dämmerte er vor sich hin, jeden Gedanken an das Vorgefallene unterdrückend, dann – schlagartig – war alles wieder da, stürmten die Bilder auf ihn ein. Er spürte, wie sein Herz zu rasen begann, und richtete sich auf, um sein Smartphone zu checken. Vielleicht war ja eine neue Mail von Silvia oder Eddie gekommen. Das würde ihn auf andere Gedanken bringen.

Und richtig, er hatte Post von Silvia und Eddie. Eine gemeinsam formulierte Protestnote sprang ihn an. Unbegreiflich für sie, wie er dem Schröder einen solch *selbstmörderischen Tritt* verpassen konnte.

Bist du denn von allen guten Geistern verlassen?, hieben sie auf ihn ein. *Wie soll es denn jetzt, nach dieser Mail, weitergehen? Für diese Unverschämtheit fliegst du von der Schule. Und das völlig zu Recht.*

Hatten sie sein PS nicht gelesen? Oder hatten sie es gelesen und wollten darauf nicht eingehen? Außerdem, hatte er denn in der Mail an den Schröder nicht nur deshalb so radikal vom Leder gezogen, weil er schon wusste, dass er sie niemals abschicken würde?

Lustlos antwortete er: *Aber es stand doch in meinem PS, dass ich die Mail an den Schröder gar nicht abgeschickt hab. Jedenfalls nicht an ihn. Wollte nur, dass ihr wisst, was ich ihm schreiben würde, wenn ich ehrlich sein dürfte. Und jetzt, bitte, vergesst das Ganze, bis ich wieder zurück bin. Die Schule hat, solange Ferien sind, ja sowieso Sendepause. Viele Grüße – euer Matti.*

Die Mail ging raus und er verkroch sich wieder in seinen Schlafsack. Blöd, dass er sich überhaupt noch mit diesem Schwachsinn beschäftigen musste. Als ob Apfelschröder ihn jetzt noch groß interessieren würde! Weder

Abitur-Ja noch Abitur-Nein war jetzt noch wichtig. Allein dass dieser Junge wieder aufwachte, war von Bedeutung …

Die Angst in seinen Augen, als er ihm das Messer an den Hals hielt! Richtig gezittert hatte er dabei … Vielleicht war das der Grund, weshalb er ihn trotz allem nicht unsympathisch fand. Würde er selbst einen solchen Überfall begehen, er würde sich vor Angst auch in die Hose scheißen.

Dichte Wolken zogen auf und damit begann es draußen zu dunkeln. Einschlafen würde er trotzdem noch lange nicht können. – Was, wenn der Junge nicht wieder aufwachte? Wie würde dann alles weitergehen? Ob er dann vor Gericht gestellt, angeklagt wurde? Der ältere Polizist hatte es gesagt: Man muss die Mittel beachten, mit denen man sich zur Wehr setzt …

Gedanken, die Matti nicht lange aushielt. Wieder kroch er aus dem Schlafsack, ging an seinen Vorratsbeutel, nahm auch die Flasche Wasser mit und setzte sich hinterm Haus auf die Bank. Und da saß er dann und aß und trank, während langsam die Dämmerung einsetzte und es um ihn herum immer dunkler wurde. Dunkler und einsamer.

Die wenigen letzten Reste aß er weg, da er nach der Heimkehr vom Krankenhaus völlig vergessen hatte, noch bei Elena einzukaufen. Und danach? Blieb er weiter auf der Bank sitzen. Stundenlang. Um ihn herum nichts als Dunkelheit und Nachtgeräusche und die Schatten der Fledermäuse, die hin und her schwirrten. Alles besser, als sich wieder in sein Schlafsackgefängnis zu begeben, allein mit sich und seinen Selbstvorwürfen.

Dieses verfluchte Gefühl, versagt zu haben, es setzte ihm noch immer zu. Mitten hinein in diese trübe Stimmung platzte dann noch eine Mail. Von Silvia und Eddie. Und wieder gingen sie nicht darauf ein, was er ihnen geschrieben hatte, bedrängten ihn nur zum werweißwievielten Mal, ihnen doch endlich mitzuteilen, wo er sich aufhielt. Für den Notfall. Einem, der mit dem Rad unterwegs war, dem konnte doch alles Mögliche zustoßen …

Netter Versuch! *Notfall!* Wüssten sie erst, wo sie ihn finden konnten, säßen sie in der nächsten Minute im Auto, um herzukommen.

Mit Mühe rang er sich eine Antwort ab: *In meinem Portemonnaie steckt ein Zettel. Eure Namen stehen drauf, unsere Adresse und alle unsere Telefonnummern. Viele Grüße – Matti.*

Mal wieder eine Lüge. Nicht im Traum hatte er an einen solchen Zettel gedacht. Nur in seinem Smartphone waren alle wichtigen Daten verzeichnet. Allerdings gar keine so schlechte Idee. Sollte er tatsächlich mal unter irgendwelche Räder geraten, überlebte ja höchstwahrscheinlich auch sein Handy nicht; Radfahrer besaßen keine Knautschzone. Vielleicht würde er sich ja doch mal so ein altmodisches Stück Papier ins Portemonnaie legen.

Erst mal musste er den Akku nachladen. Sonst war sein Smartphone ohnehin bald mausetot. Ja, und wollten denn am Morgen nicht Elena und der alte Hadscha kommen, um gemeinsam mit ihm zum Krankenhaus zu fahren? Auf der Rückfahrt konnte er den alten Hadscha um einen Schluck aus seiner Steckdose bitten …

Er sah die beiden vor sich, Hadscha Krey mit der randlosen Brille und der langen, weißen Haarmähne unter der Basecap und die ewig lächelnde Elena, und ein warmes Gefühl überkam ihn. Der alte Hadscha hatte ihn den Polizisten als *guten Freund* vorgestellt. Ja, und warum denn nicht? Vielleicht waren sie in diesen paar Tagen ja wirklich so etwas wie *Freunde* geworden. War doch eigentlich ganz egal, wie alt der eine war und wie alt der andere.

Als er dann endlich wieder in seinem Schlafsack lag und tatsächlich eingeschlafen war, schlief er tief und fest und lange und kam am Morgen nur schwer zu sich.

Zu essen hatte er nichts mehr, also trank er, während er sich unter der Pumpe erfrischte, jede Menge Wasser, um wenigstens irgendwas in den Bauch zu bekommen.

Auch Elena wusste nun, dass die Geschichte vom Zelt im Wald nicht stimmte. »Deshalb der Besen!«, hatte sie verwundert ausgerufen. »Na, hätt ich mir ja eigentlich gleich denken können. Bin leider viel zu leichtgläubig.«

Hadscha Kreys »Russentraktor« war dann schon von Weitem zu hören. Rasch stellte Matti sich dicht an die Straße. Um sofort einsteigen zu können. Nur keine Fuchsbau-Besichtigung; musste ja keiner wissen, wie er hier hauste.

Die beiden stiegen auch gar nicht erst aus. »Guten Morgen!«, begrüßte Elena ihn mit fröhlichem Gesicht und hielt ihm, kaum hatte er auf dem Rücksitz Platz genommen, ein dick belegtes Wurstbrötchen hin. »Nur falls du noch nicht gefrühstückt haben solltest.«

Besser hätte es nicht kommen können. »Danke!« Matti griff zu und biss gleich hinein, während der alte Hadscha, eine seiner geliebten Pfeifen im Mund, den Wagen wendete und den Weg, den sie gekommen waren, zurückfuhr.

Elena bemühte sich trotz aller Sorgen um den Jungen im Krankenhaus auch weiterhin um eine einigermaßen gelöste Stimmung. Dass sie ja auch mit ihrem Wagen – »nicht mit der *Futterkiste*, sondern mit Jans VW« – hätten fahren können, sagte sie, aber das habe »der liebe Onkel Hadscha« nicht zugelassen. »Er sagt, was rastet, das rostet, und das betreffe nicht nur alte Menschen, sondern auch alte Autos. Und hätte ich junges Ding ihm denn widersprechen dürfen?«

Matti erinnerte sich, dass Elena Inka gegenüber von einem Jan als ihrem neuen Freund gesprochen hatte. »Jan?«, fragte er zwischen zwei Bissen. »Ist das dein Mann?« Gute Gelegenheit, sie das erste Mal zu duzen. Wenn er den alten Hadscha duzte, wie albern wäre es, zu dem »jungen Ding« weiter Sie zu sagen.

»Aha!« Sie lachte. »Haben wir mit diesem Brötchen also Brüderschaft *gegessen*? – Aber meinetwegen, warum nicht? Kannst, wenn du willst, auch Lena zu mir sagen, dann sparst du dir mit einem einzigen Buchstaben gleich eine ganze Silbe. Und was Jan betrifft: Wir teilen uns eine Wohnung und ein Auto und haben uns ziemlich gern. So betrachtet ist er also mein *Mann*.«

Danach wurde erst mal geschwiegen. Matti verdrückte sein Brötchen, und Elena dachte an irgendetwas offensichtlich sehr Schönes, denn lange lächelte sie still in sich hinein. Bis Hadscha Krey endlich die Pfeife aus dem Mund nahm und auf den Grund ihres Treffens zu sprechen kam.

»Tscha«, sagte er gedehnt, »jetzt wollen wir mal hoffen, dass der Junge inzwischen wieder wach ist, oder?«

»Ja.« Sofort veränderte sich Elenas Gesicht. »Irgendwie geht einem die Sache unter die Haut. Obwohl man persönlich ja eigentlich gar nichts dafür kann … Ich meine, dafür, dass so viele Menschen ihre Heimatländer verlassen und sich in der Fremde zurechtfinden müssen.«

Erneut wurde geschwiegen, bis Hadscha Krey ein zweites Mal die Pfeife aus dem Mund nahm. »Ach, Kinners, ist alles ja gar nicht so neu, oder? Jeder lebt in seiner Welt und wer will da schon weg? Kann er seine Welt aber irgendwann nicht mehr ertragen – ob nun aus Kriegs- oder Hungersgründen oder weil er sich 'n bisschen mehr Freiheit wünscht –, was soll er dann anderes tun als weglaufen? Das war gestern so, ist heute so und wird auch übermorgen noch so sein.«

»Ja, aber auch, wenn's so ist«, Elena trommelte mit den Fingerspitzen auf das nur halb geschlossene Seitenfenster neben ihr, durch das der Fahrtwind blies, »was hilft's, so zu denken? – Weißt du, Hadscha, seit gestern frage ich mich, ob dieser Überfall in Wahrheit nichts anderes als ein Hilferuf war. Als meine Mutter starb – ich war gerade mal zehn –, hab ich in der Schule unwahrscheinlich viel

Mist gebaut. Hab geklaut und mich geprügelt und kein einziges Wort unwidersprochen gelassen ... Die *unmögliche Lena,* so hieß ich bei den Lehrern. Dabei waren das, wie ich heute weiß, doch alles nur ganz verzweifelte Hilferufe. Ohne meine Mutter war ich ja diesem Mängelexemplar von Stiefvater ausgeliefert. Und was hatte der schon im Kopf außer Suff und Weiber? Sogar an mich hat er sich ranmachen wollen.«

»Hab ihn gekannt.« Hadscha Krey zog sich mal wieder seine Basecap tiefer in die Stirn. »Was der dir und deiner Mutter angetan hat – der Kerl hätte vor Gericht gehört. Und da wäre er ganz sicher auch mal gelandet, wenn er sich nicht vorher totgesoffen hätte ... Andererseits: Umso erstaunlicher, was für 'n patentes Mädchen aus dir geworden ist. Hätte damals keiner gedacht, oder?«

»Danke!« Elena zwinkerte Matti zu, als wollte sie, dass er dieses Lob nicht allzu ernst nahm. »Hab ja auch ziemlich viel an mir rumgefeilt und kann deshalb inzwischen ganz gut mit mir leben, wenn's erlaubt ist, das zu sagen.«

Dr. Wieland war nicht zu sprechen, aber die Oberschwester, die ihnen schon im Flur entgegenkam, wusste Bescheid. »Ja«, sagte sie, nachdem Elena gefragt hatte, »Muhammad ist aufgewacht. Dr. Najib ist bei ihm. Zimmer 103. Sie dürfen zu ihm.«

Muhammad hieß der Junge? Und er war aufgewacht und hatte den Ärzten oder der Oberschwester bereits seinen Namen verraten? Dann ging's ihm wirklich besser. Matti fühlte sich so erleichtert, beinahe hätte er vor Freude gelacht. Eine bessere Auskunft war nicht zu erwarten gewesen.

Auch Elena lächelte froh und Hadscha Krey nickte mehr als nur zufrieden und so suchten sie gemeinsam das Zimmer Nr. 103.

In den ersten Stock ging's hoch und danach einen langen, hellen Gang entlang, in dem es sehr nach Desinfektionsmitteln roch. Rechts und links zogen sich Handläufe hin, dazwischen reihte sich eine streng geschlossene, schwarz bezifferte Tür an die andere. Endlich die 103. Elena klopfte und wartete einen Moment, dann traten sie ein.

Ein Zweierzimmer. Doch nur eines der beiden Betten war belegt. Der Junge vom Vortag lag drin. Neben ihm, auf einem Stuhl, saß ein genauso südländisch aussehender, weiß bekittelter Arzt. Sicher dieser Dr. Najib, von dem die Oberschwester gesprochen hatte. Beide wandten sie den Kopf zur Tür, der Junge erschrak, der Arzt stand auf.

»Sie kommen aus Windeck?« Er reichte erst Elena, dann Hadscha Krey und danach Matti die Hand.

»Ja, und wir wollten mal nach ihm schauen.« Elena wies mit dem Kopf auf den Jungen. »Waren ja dabei, als es passiert ist. Geht's ihm denn besser?«

»Aber ja!« Der Arzt, kleiner als Elena, schmale Figur und sehr dunkeläugig, machte eine Handbewegung, als wollte er ihr zu verstehen geben, dass sie sich keine unnötigen Sorgen machen solle. Dann stellte er sich ihnen vor: »Dr. Najib. Bin so etwas wie Muhammads Dolmetscher, weil ich seine Sprache spreche. Sein Deutsch hat er im jetzigen Zustand offenbar ganz und gar vergessen.« Er lächelte. »Oder er will zurzeit nicht Deutsch sprechen. Beides ist möglich.«

»Was hat er denn?«, wagte Matti endlich zu fragen.

Dr. Najib musterte ihn erst längere Zeit, bevor er antwortete. »Nichts wirklich Schlimmes. Eine mittelschwere Gehirnerschütterung. Daran ist noch niemand gestorben. Doch wird er ein paar Tage hierbleiben müssen. Zur Beobachtung.« Gleich darauf wollte er wissen, ob Matti es war, der den Stein geworfen hatte.

»Ja.« Matti sah lieber zum Fenster hin.

Der Arzt winkte ab. »Nicht doch! Muhammad nimmt dir nichts übel. Im Gegenteil, er hofft, dass *du* ihm irgendwann verzeihen kannst ... Er war mit seinen Kräften völlig am Ende, wusste nicht mehr ein noch aus. Hunger und Durst kamen hinzu ... Aber falls du ihm etwas sagen willst, ich übersetze gern.«

Diesem Muhammad etwas sagen? Aber was denn?

»Na los!« Hadscha Krey, die kalte Pfeife in der Hand, da er hier ja nicht rauchen durfte, schob Matti vors Bett. »Sag ihm, was dich bedrückt. Ist gut für euch beide.«

Der Junge im Bett hatte dieses Gespräch mit großen Augen verfolgt. Aber ob er etwas verstanden hatte? Nur kurz sah er Matti an, dann senkte er wieder den Blick.

»Ich«, begann Matti zögernd, »also, ich wollte dich ... nicht am Kopf treffen. Wirklich nicht.«

Dr. Najib übersetzte diese wenigen Worte in die so guttural klingende Sprache, die Matti schon einmal zu hören bekommen hatte, und der Junge hörte still zu, um gleich darauf mit den Händen zu wedeln, als wollte er

Mattis Erklärung abwehren. Und dann sprudelte es aus ihm hervor.

»Nein, nein«, übersetzte Dr. Najib, »er gibt dir keine Schuld. Er sagt, *er* hätte sich ein so schönes Rad auch nicht stehlen lassen … Und auch nicht das viele Geld. Und die Sache mit dem Messer – er habe dir damit nur Angst machen wollen.«

»Aber das hab ich mir doch schon gedacht«, antwortete Matti leise und Dr. Najib übersetzte auch das, und Muhammad schloss die Augen, als wollte er jetzt lieber niemanden mehr ansehen müssen.

»Ist besser, wir lassen ihn jetzt ein bisschen schlafen. Er ist noch immer sehr geschwächt.« Der Arzt nickte Matti zu, als wäre damit fürs Erste alles gesagt. »Wenn du willst, kannst du ja mal wiederkommen.«

»Wenn ich darf – gern«, sagte Matti da nur noch. »Vielleicht … schon morgen?«

»Gut. Hab morgen Dienst, dann spiele ich wieder den Dolmetscher.« Dr. Najib übersetzte es für den Jungen im Bett und Muhammad antwortete etwas, hielt aber weiter die Augen geschlossen.

»Er ist sehr froh, dass du ihm vergeben hast. Sonst, so sagt er, würdest du ja nicht wiederkommen wollen.«

»Na bitte!« Hadscha Krey rieb sich die Hände. »Der Junge wird wieder gesund und keiner macht dem anderen noch irgendwelche Vorwürfe. Besser geht's doch gar nicht, oder?« Und er grinste alle an, als hätte ganz allein *er* das bewerkstelligt.

Dr. Najib, so erzählte er später im Besucherzimmer, war als Jugendlicher nach Deutschland gekommen. Zu jener Zeit war Krieg im Irak und seine Eltern wussten sich nicht anders zu helfen, als außer Landes zu gehen. »Unser Haus war zerstört, mein älterer Bruder erschossen und meine Schwester von mehreren feindlichen Soldaten so böse vergewaltigt worden, dass sie nicht mehr leben wollte … Um wenigstens mich zu retten, flohen meine Eltern mit mir nach Deutschland. Das war mein Glück, so konnte ich im Frieden aufwachsen, zur Schule gehen und später studieren.«

Er war sehr ernst, als er das sagte; ein Ernst, der – wie Matti fand – nicht so recht zu seinen sonst so freundlich blickenden dunklen Augen passen wollte.

»Muhammad«, so Dr. Najib weiter, »hatte nicht so viel Glück. Er kommt aus Syrien, auch seine Eltern flohen vor dem Krieg … Übers Mittelmeer sollte es gehen, und das in einem für die vielen Flüchtlinge viel zu kleinen, kaum seetüchtigen Boot. Mitten auf dem Meer passierte es dann: Ein Sturm kam auf, das Boot kenterte und die meisten Männer, Frauen und Kinder ertranken. Darunter auch Muhammads Eltern, die zuvor all ihre Ersparnisse zusammengekratzt hatten, um die Überfahrt überhaupt bezahlen zu können.«

Der Arzt seufzte und schüttelte den Kopf, als könne er selbst nicht glauben, was er da erzählte. »Nur wenige Männer, drei Jungen und eine Frau konnten sich retten. Ein italienisches Fischerboot nahm sie auf …«

Matti hatte solche Geschichten schon gehört, auch Fernsehbilder gesehen, doch hatte er all diese furchtbaren Geschehnisse immer schnell weggedrückt. Konnte er, Matti Marquardt, denn an all dem Schrecklichen, das da in der Welt passierte, irgendetwas ändern? Auch war ja kein einziger der geflüchteten Jugendlichen zu ihnen aufs Gymnasium gekommen.

Elena hatte bisher ebenfalls nur schweigend zugehört. Jetzt konnte sie nicht mehr an sich halten. »Mein Gott!«, schimpfte sie los. »Wenn man das alles hört, warum lassen wir so etwas nur zu? In was für einer Welt leben wir denn? Sind wir alle blind und taub? Oder bereits so verhärtet, dass uns nichts mehr juckt?«

Dr. Najib wiegte den Kopf, als hätte er sich bereits ähnliche Gedanken gemacht, ging aber nicht auf diese Fragen ein. »Alle Überlebenden kannten nur ein Ziel: Deutschland!«, berichtete er weiter. »Deutschland, so hatten sie schon in der Heimat zu hören bekommen, wäre ein sehr reiches, hilfsbereites Land … Also wollte auch Muhammad – von jetzt an auf sich selbst gestellt – dorthin. Das aber zusammen mit seinem Freund Gamal, einem der beiden anderen Jungen, die überlebt hatten.«

Dieser wesentlich ältere Gamal, wusste Dr. Najib von Muhammad, kümmerte sich über viele Wochen hinweg um den jüngeren Freund, der nach all seinen schlimmen Erlebnissen lange Zeit nur wie besinnungslos neben ihm hertrottete. Durch mehrere Länder ging es, Tage und Nächte voller Ängste und Sorgen und ohne ausreichende Nahrung oder Kleidung gegen die Kälte lösten einander ab. Oft mussten die beiden Jungen im Freien übernachten, dann pressten sie sich eng aneinander, um sich gegenseitig zu wärmen. Gemildert wurde dieser nackte Überlebenskampf allein durch die Hoffnung auf eine gemeinsame Zukunft. Ja, aber dann passierte es: An einer Landesgrenze kam es zu Tumulten – man wollte sie nicht durchreisen lassen – und die beiden Jungen verloren sich aus den Augen.

»Irgendwie, mit viel Glück, gelangte Muhammad aber doch nach Deutschland, wurde als unbegleiteter minderjähriger Flüchtling registriert und einem kinderlosen bayerischen Ehepaar zugeteilt, das ein großes Haus bewohnte und schon mehrere jugendliche Flüchtlinge bei sich aufgenommen hatte.«

Dort, bei diesem Ehepaar hatte Muhammad dann wieder Glück: Einer der anderen Jungen besaß ein Handy und telefonierte öfter mit Verwandten, die es nach Mecklenburg verschlagen hatte. Eines Tages erzählte er von Muhammad, und der Verwandte berichtete von einem Gamal, der einen Muhammad suchte. So fanden sich die beiden Freunde wieder und natürlich wollten sie erneut zusammenkommen.

»Das aber«, Dr. Najib zog die Stirn kraus, »erlaubten die Behörden nicht. Muhammad war in Bayern registriert worden, also hatte er in Bayern zu bleiben, und Gamal – hier registriert – in Meck-Pomm. Schließlich, so bekam Muhammad zu hören, wären sie nicht verwandt miteinander … Er wollte aber trotzdem zu Gamal, riss aus und versuchte, sich irgendwie in Richtung Norden durchzuschlagen. Weil er aber von irgendwas leben musste, beging er öfter kleine Diebstähle. Meistens in Supermärkten. Das ging lange gut, und wenn nicht, konnte er sich losreißen und weglaufen … Bis er eines Tages auf einen wohl sehr sportlichen Supermarktangestellten traf, der ihm nachlief, ihn festhielt und die Polizei rief. Die Polizisten hörten sich seine Geschichte an und was taten sie? Sie sorgten dafür, dass er auf dem schnellsten Weg nach Bayern zurückgebracht wurde. Musste ja alles seine Ordnung haben.«

Matti starrte auf seine Hände. Also war Muhammad jetzt schon das zweite Mal unterwegs? Und hatte wieder Pech gehabt …

Auch Elena und Hadscha Krey wussten nicht, was sie zu alldem sagen sollten. Zwar machte Elena ein Gesicht, als hätte sie am liebsten gleich wieder losgeschimpft, verkniff es sich aber. Irgendwie, so empfand es auch Matti, wirkte alles Geschimpfe lächerlich. Weil man damit ja doch nichts änderte.

Dr. Najib erwartete auch keinerlei Stellungnahme, er erzählte einfach weiter. Zurück in Bayern, erlebte Muhammad dann die nächste Enttäuschung: Das Ehepaar, bei dem er untergekommen war, hatte inzwischen einen anderen Jungen aufgenommen. Alle Betten waren belegt. Und das mit Kindern und Jugendlichen, die froh und dankbar für eine solch uneigennützige Hilfe waren, wie er auf dem Jugendamt zu hören bekam. Der Sachbearbeiterin dort blieb gar nichts anderes übrig, als ihn in eine Massenunterkunft einzuweisen, in der viele unbegleitete Flüchtlingskinder auf engstem Raum zusammenlebten. Darunter Jungen, die längst in die Kriminalität abgerutscht waren. Sie sahen, wie gut es den Deutschen ging, und fanden, dass auch sie ein Anrecht auf ein besseres Leben hatten. Also stahlen sie. Kein Lehrer oder Sozialbetreuer schaffte es, sie davon abzuhalten.

»Diese Jungen«, so Dr. Najib, »sind schwer zu beeinflussen. Sie haben so viel Entsetzliches erlebt, dass sie niemandem mehr trauen. Und in so einem Massenquartier, wie soll denn da vernünftig mit ihnen gearbeitet werden? – Muhammad war lange der ewig Abseitsstehende. Bis schließlich auch er mit einem Messer herumlief. Einfach um dazuzugehören. Insgeheim aber sehnte er sich noch immer nach Gamal – und so machte er sich eines Tages erneut auf den Weg in den Norden.«

Wieder ging es quer durch Deutschland. Öfter versteckt in einem Zug, zuletzt auf der Ladefläche eines Lkw. Mit dem schaffte Muhammad es bis kurz vor Windeck. Dort, während einer Pinkelpause, entdeckte ihn der Fahrer und jagte ihn davon.

»Und jetzt«, Dr. Najib sah keinen an, als er das sagte, »jetzt wird er wohl *wieder* nach Bayern zurückgeschickt. Jedenfalls wenn kein Wunder passiert. Aber daran, ehrlich gesagt, glaube ich nicht.«

Lange, sehr lange war es still in dem Besucherzimmer. Dr. Najib, Elena und Hadscha Krey und auch Matti, alle hingen sie ihren Gedanken nach.

Matti sagte sich, dass Muhammad, hätte er sein Rad behalten dürfen, bestimmt gut vorangekommen wäre auf seiner Suche nach Gamal. Und dass deshalb auch er seinen Teil Schuld daran trug, dass die beiden Freunde wieder nicht zusammenkommen konnten. Aber was für saudumme Regeln oder Gesetze waren das denn, die verhinderten, dass zwei, die sonst niemanden mehr hatten, einander behalten durften? Und das nur, weil sie nicht verwandt miteinander waren.

Elena schüttelte den Kopf und flüsterte mit düsterem Gesicht vor sich hin: »Wenn's doch nur bei dem Zurückschicken nach Bayern bliebe … Aber er wird ja auch vor Gericht gestellt werden. Wegen dieser Sache in Windeck … Den Gesetzen nach ist er damit *kriminell* geworden. Und *Kriminelle,* die sind nun mal so viel leichter in ihre Heimat abzuschieben.«

Matti fuhr auf, als hätte ihn irgendwas gestochen. Erst gestern hatte er befürchtet, dass *er* vor Gericht gestellt werden könnte, und jetzt sollte es genau andersherum kommen? »Aber wenn du keine Anzeige erstattest«, begann er, kam aber nicht weiter.

»Junge, was denkst du denn von mir?«, unterbrach sie ihn empört. »Ich erstatte doch keine Anzeige. Nur ob das was nutzt, das ist hier die große Frage. Solche Sachen werden von den Behörden ja oft ganz eigenständig verfolgt.«

Hadscha Krey sagte dazu nichts, drehte nur die kalte Pfeife in seinen Händen, als hätte er vergessen, wozu sie zu gebrauchen war. Und Dr. Najib zuckte erst nur die Achseln, dann gab er zu, ebenfalls mit einer Gerichtsverhandlung zu rechnen. Was Elena von ihrem Stuhl riss. Unruhig wanderte sie zwischen den Tischen auf und ab. »Eine Schande ist das! Nicht anders als in dem Lied von den zwei Königskindern – *sie konnten zusammen nicht kom-*

men, das Wasser war viel zu tief … Unsere Gesetze und Regeln sind also auch zu *tief*? … Kommt keiner drüber! Aber – verflucht noch mal! – sollte es denn da wirklich keine *Brücke* geben?«

»Brücken?« Jetzt konnte auch der alte Hadscha nicht mehr an sich halten. Er warf seine Basecap auf den Tisch, um sich mit beiden Händen durchs lange, weiße Haar zu fahren. »Nee, Lenakind! Gesetze und Regeln kennen keine Brücken. Das sind Zaunpfähle, aus härtestem Stahl und oben spitzer als spitz … Damit du gar nicht erst an den Fluss kommst.«

»Bitte verstehen Sie mich nicht falsch …« Dr. Najib hob die Hände, als hätte er für irgendetwas um Entschuldigung zu bitten. »Ich habe Deutschland für vieles sehr, sehr dankbar zu sein, und Gamal und Muhammad werden das eines Tages hoffentlich ebenso sehen. Manchmal aber verstehe ich meine neue Heimat nicht. Gibt es denn da nicht diesen Spruch von den Ausnahmen, die die Regel bestätigen? Warum gestattet man sich in solch wenigen Ausnahmefällen nicht ein bisschen mehr Großzügigkeit?«

Eine Frage, auf die mal wieder niemand eine Antwort wusste, und so wanderte Elena nur weiter dumpf brütend im Besucherzimmer auf und ab. Bis sie erneut stehen blieb. »Und wenn nun *wir* versuchen, diesen Gamal ausfindig zu machen? Damit die beiden Jungen sich wenigstens mal sehen können, solange Muhammad noch hier ist … Wäre doch einen Versuch wert, denke ich.«

Auf die Idee war Dr. Najib auch schon gekommen. »Hab heute Morgen deswegen lange in der Gegend herumtelefoniert. Leider ergebnislos. Muhammad kennt ja weder Gamals Adresse noch irgendeine Telefonnummer, unter der er zu erreichen wäre. Die ganze Sache war ja nicht abgesprochen. Die beiden haben seit ihrer Trennung überhaupt nur ein einziges Mal miteinander telefoniert … Und das mit einem fremden Handy, weil Muhammad gar kein eigenes besitzt. Und in Meck-Pomm gibt es nun mal nicht nur einen einzigen Geflüchteten namens Gamal.« Er seufzte. »Ich werde aber am Ball bleiben, ich möchte den beiden gern helfen.«

Gleich darauf sah er auf seine Uhr und stand auf. »Tut mir leid, der Dienst ruft.«

Hadscha Krey erhob sich ebenfalls, drückte dem Arzt lange die Hand und bedankte sich für die Zeit, die er ihnen geopfert hatte. Elena tat es ihm nach und fügte sehr ernst hinzu: »Und wenn auch wir irgendwas für den Jungen tun können, dann sagen Sie uns das doch bitte. Ich gebe der Oberschwester meine Telefonnummer.«

»Ganz bestimmt.« Dr. Najib reichte auch Matti die Hand. »Wenn du wirklich morgen wiederkommen würdest, das wäre eine feine Sache. – Also: Versprochen?«

»Versprochen!«

Drei ist einer zu viel

Die Fahrt an den See stand an. Aber von Inka und Mark ließ Matti sich nicht abholen. Sie glaubten ja noch an sein Märchen vom Zelt im Wald, falls Hadscha Krey ihnen inzwischen nichts anderes erzählt hatte. Doch warum hätte er das tun sollen? Der alte Hadscha war so ganz und gar nicht der Typ, der kein Verständnis für anderer Leute Angelegenheiten hatte.

Als die Zeit für ihr Treffen heran war, radelte Matti langsam, sehr langsam die Landstraße entlang und danach noch langsamer durch das an diesem Sonnabendnachmittag im prallen Sonnenschein liegende Dorf, um danach zögernd an Inkas Gartentür zu klingeln.

Er hatte kein gutes Gefühl bei dieser Sache. Mark und Inka jedoch kamen gleich aus dem Haus, und ihren neugierigen Blicken war anzusehen, dass sie längst von dem Überfall auf die *Futterkiste* gehört hatten. Bestimmt war es bereits im ganzen Dorf herum. Verlegen reichte er erst Inka, dann Mark die Hand.

Inka, mal nicht in Jeans, sondern in einem leichten, bunten, ärmellosen Kleid, studierte ihn, als sähe sie ihn zum ersten Mal. »Wirfst du öfter mit Steinen?«

Ohne jeden Vorwurf in der Stimme fragte sie das, aber

doch irgendwie befremdet. Mark machte ein eher spöttisches Gesicht.

»Wollte ihn ja gar nicht treffen.« Dieses beschissene Gefühl, sich immer wieder für seinen Ausraster entschuldigen zu müssen. »Jedenfalls nicht seinen Kopf.«

»Grandios!« Mark nutzte die Gelegenheit, den Beeindruckten zu spielen. »Will nicht treffen, trifft aber genau dort, wo's wehtut.« Er grinste so breit, dass sein so dünner, flaumweicher Vollbart gleich noch viel durchsichtiger wirkte.

Irgendwie schien er Matti an diesem frühen Nachmittag mehr wahrzunehmen als an den Tagen zuvor. Er sah ihn an, als fragte er sich, was das wohl für einer war, dieser zwei Jahre jüngere ehemalige Ferienfreund seiner Freundin.

Hatte Inka ihm von ihren Südamerika-Abenteuern erzählt? Sah er seither in ihm einen Konkurrenten? Zu blöd das Ganze! Matti begann sich zu ärgern. Er hätte doch lieber nicht herkommen sollen. Mark war kein Unsympath, im Gegenteil, eigentlich wirkte er ganz okay. Es war die bloße Existenz des jeweils anderen, die störte. Was sollte das denn für ein Ausflug werden, ein Mädchen und zwei Typen?

Auch Inka schien das zu spüren. »Aber jetzt ist er doch wieder aufgewacht, dieser … wie heißt er denn eigentlich?«, fragte sie vorsichtig.

»Muhammad.«

»Muhammad?« Sie war froh, dass sie lachen durfte. »Scheint ja 'ne richtige Verabredung zwischen euch Jungs zu sein – Mark, Matti, Muhammad. Schade, dass ich nicht Minka heiße.«

Stille Waldpfade ging es entlang – außer den unter ihren Rädern knackenden Zweigen und vereinzelten Vogelrufen war nichts, aber auch wirklich gar nichts zu hören – und danach zwischen sattgelben Weizenfeldern und frisch gemähten, weithin duftenden Heuwiesen hindurch. Mattis Stimmung besserte sich. Eigentlich war das ein richtig schöner Tag. Auf dem Rückweg vom Krankenhaus hatte der alte Hadscha ihn noch zu Elena gefahren, damit er sich in der sonnabends ja eigentlich geschlossenen *Futterkiste* mit Wurst und Brot und zwei Dosensuppen eindecken konnte, und so hatte er sich zuvor noch richtig satt essen können. Nicht zu vergessen die große Erleichterung darüber, dass die Sache mit Muhammad so glimpflich ausgegangen war ... Ach, hätten Inka und er diese Tour allein unternommen, ein Traum hätte sich erfüllt! Aber na klar, ohne Mark, nur mit ihm, wäre sie sicher gar nicht erst losgefahren.

Nur eine halbe Stunde dauerte die Fahrt, dann waren sie schon an dem versprochenen, menschenleeren See angelangt. Rundherum nichts als noch ungemähte Wiesen und hohes Buschwerk. Im Nu hatte Inka ihr Rad gegen einen Busch gelehnt und das Kleid ausgezogen, unter dem sie schon ihren Bikini trug – dunkelblau mit gelben Tupfen – und war ins Wasser gelaufen. »Das ist ja warm wie in der Badewanne«, juchzte sie, nachdem sie sich in voller Länge hineingeworfen hatte. »Da kann man stundenlang drinbleiben.«

Auch Mark trug seine Badehose schon unter der Jeans; Mattis T-Shirt war so lang, dass ihm der Kleiderwechsel keine Probleme bereitete. Nur gut, dass er, bevor er sich zu Hause aus der Wohnung schlich, noch im letzten Augenblick an die Badehose gedacht hatte. Sonst hätte er sich erst eine kaufen und dafür bis nach Seldwitz fahren müssen.

Nacheinander stürzten sie sich ins Wasser und kraulten auf Inka zu, bis Matti sich auf den Rücken drehte und mit weit ausholenden Armbewegungen ein großes Stück von den beiden fortschwamm. Nicht dass sie glaubten, er klebte an ihnen wie so 'n Langweiler, der mit sich selbst nichts anzufangen wusste.

In allen möglichen Schwimmstilen schwamm er um den ja nicht sehr großen See herum und gleich darauf noch einmal, weil ja auch Inka und Mark noch im Wasser blieben. Dabei legte er ein Tempo vor, als ginge es um irgendeine Meisterschaft. – Prahlte er mit seinen Schwimmkünsten? Ja! Na und? Zeigt eben jeder, was er kann. Der eine macht auf Bart und intellektuell, der andere schwimmt Rekorde.

Danach lagen sie zu dritt im hohen, im Rücken kitzelnden Gras – links Mark, in der Mitte Inka, rechts Matti – und Matti studierte lange eine Hummel, die sich auf seiner nassen Brust niedergelassen hatte. So musste er nicht zu den beiden hinsehen.

Dieses kleine pelzige Wesen, ob es unter der Hitze litt? Die Hummel pumpte und pumpte, hob aber nicht wieder ab. Eigentlich ein richtiges, kleines Wunderwerk, so eine Hummel, dachte er. Wie mühsam sie sich durchs Leben schlug. Er hatte mal irgendwo gelesen, Hummeln dürften eigentlich gar nicht fliegen können, ihre im Vergleich zu den kleinen, durchsichtigen Flügeln wuchtigen Körper wären dafür fiel zu schwer. Dachte es – und ihm fiel wieder ein, wie Inka und er als Kinder Hummeln gefangen hatten. Mit der bloßen Hand. Und nie hatte sich eine gewehrt und Inka oder ihn gestochen …

Er schob einen Finger vor den Kopf der Hummel. Lange passierte nichts, sie flog nicht fort und kroch nicht weg, stellte nur das Pumpen ein. Bis sie mit einem Mal den »Berg« bestieg und seinen Finger entlangkrabbelte.

Inka hatte ihn beobachtet. Sie lächelte ihm zu und er lächelte zurück. Ob sie auch gerade daran gedacht hatte, wie sie damals Hummeln fingen, nur um einander zu beweisen, dass Hummeln in Wahrheit ganz harmlose Tierchen waren?

»Willst du mit der Nummer im Zirkus auftreten?«

Mark gefiel dieses plötzlich so vertraute Einanderzulächeln nicht. Misstrauisch blickte er erst Matti und danach Inka an und dann legte er auf einmal wie selbstverständlich den Arm um Inka und küsste sie lange.

Matti wandte sich lieber wieder der Hummel zu. War ja klar, was Mark ihm damit beweisen wollte: Sieh her, ehemaliger Ferienfreund, das hier ist *mein* Mädchen! Komm besser gar nicht erst auf falsche Gedanken.

»Wieso denn Zirkus?« Erst als die beiden sich wieder voneinander gelöst hatten, rang er sich ein Grinsen ab. »Ich will sie doch nicht vorführen. Will sie nur melken. Hab gehört, Hummeln sind so braun, weil sie Cola im Bauch haben.«

Diesen Gag aber hätte er sich besser verkniffen, denn Inka musste darüber laut lachen. Was Mark nicht gefallen konnte. »Vielleicht sogar Whisky Cola?«, fragte er gespielt kühl. Um gleich darauf ebenfalls zu grinsen. »Aber so was darf man in deinem Alter ja noch gar nicht trinken.«

Treffer! Ahnte Inkas langer Freund etwa, dass er immer nur Cola ohne alles trank? »Cola reicht. Brauch keine Drogen.« Matti gab sich Mühe, weiter den Coolen zu spielen, blickte aber mit einem Kopfschütteln die Zigarette an, die Mark sich inzwischen angezündet hatte. Was natürlich bescheuert war. Oder hatte er sich etwa noch nie eine Fluppe ins Gesicht gesteckt? Und hasste er es nicht ebenfalls, wenn einer von den Schwimmtrainern dann den Moralpolizisten spielte?

»Gehörst wohl zur Liga der Gesundheitsfanatiker?« Mark kicherte spöttisch. »Na, von mir aus. Der eine mag's heavy, der andere light. Stellt sich nur die Frage, was dieser Muhammad, um den du dich so sorgst, wohl im Gepäck hatte. – Hustendrops?«

Es war eingetreten, was Matti von Anfang an befürchtet hatte – ein Hahnenkampf. Zwei Jungen und ein Mädchen, das dem einen wie dem anderen gefiel, wie hätte das gut gehen sollen? »Kann schon sein«, hauchte er gespielt gelangweilt, »nur hatte er ja gar kein Gepäck dabei. Und wenn er doch 'nen Rucksack mit sich rumgeschleppt hätte – *ich* hätt den nicht kontrolliert.«

Mark spürte, dass er etwas losgetreten hatte, das ihm selbst nicht gefiel. Doch wie aus der Sache wieder rauskommen, ohne vor Inka als der Dumme dazustehen? Abrupt richtete er sich auf, stützte die Ellenbogen auf die Knie und zog an seiner Zigarette, als hätte sie ihm was getan. »Bin auch kein Freund von Vorurteilen, falls du das meinst. Doch ein bisschen Kontrolle – was soll das schaden? Ist ja bekannt, dass viele der Geflüchteten sich als Drogendealer durchschlagen.«

»Was soll *das* denn werden?« Auch Inka hatte sich aufgesetzt. Mit einem Mal lag eine solche Aggressivität in der Luft, dass sie fast mit Händen zu greifen war. »Um was geht's denn überhaupt? Diskutiert ihr über Hummeln oder Asylanten?« Und um ein sachliches Gespräch bemüht, wandte sie sich Matti zu. »Was ist dieser Muhammad denn überhaupt für einer? Wo kommt er her, wo will er hin? Weißt du mehr über ihn?«

Matti wedelte die Hummel fort, richtete sich ebenfalls auf und erzählte, was Dr. Najib über Muhammad in Erfahrung gebracht hatte. »Da ist viel falsch gelaufen. Hätt ich das vorher gewusst, hätte er meinetwegen abhauen dürfen.«

»Na, immerhin hat der Typ geklaut.« Mark wollte sich aus diesem Gespräch nicht so einfach rauskicken lassen. »Erst die Kasse, dann dein Rad. Finde ich irgendwie nicht so schön.«

»Aber das war doch nur …« Matti biss sich auf die Zunge. Er hatte keine Lust auf diesen Streit. Es ging Mark ja gar nicht um Muhammad, es ging ihm um Inka.

»Was – nur?«, hakte Mark nach. »Der Typ hat dir sein Messer an den Hals gehalten! Und du verteidigst ihn noch?«

»Mark, es reicht!« Inka krauste die Stirn. »Hast doch gehört, was dieser Muhammad alles hinter sich hat. Willst du uns wirklich einreden, dass du kein Verständnis für ihn hast?«

»Verständnis!« Mark spürte immer deutlicher, dass er sich in eine Situation hineinmanövriert hatte, aus der er so schnell nicht wieder herausfinden würde. Im hohen Bogen schnippte er seine Zigarettenkippe fort. »Klar hab ich Verständnis. Aber deshalb gebe ich doch das Denken nicht auf. Dieser Messerheld ist ja nicht der Einzige, der 'ne Flüchtlingsgeschichte zu verdauen hat. Die Lizenz zum Klauen hat er sich meiner Meinung nach damit aber nicht verdient.«

Stirnrunzelnd sah Inka ihn an, und dann stand sie plötzlich auf, um mit dem nackten Fuß die noch immer glimmende Zigarettenkippe auszutreten und sich danach mit in die Seiten gestützten Armen vor Mark aufzubauen. »Nicht zu fassen! Wie du auf einmal redest! Gestern hast du doch noch ganz anders gesprochen ... Bist du etwa«, sie lachte ungläubig, »eifersüchtig?«

»Guter Witz!« Mark wollte auch lachen, mehr als ein schiefes Grinsen aber brachte er nicht zustande. »Auf wen denn?« Er blickte sich um, als suche er denjenigen, den Inka mit ihrer Frage gemeint haben könnte, fände aber niemanden. Seinen Ärger über Matti und auf sich selbst jedoch konnte er damit nicht übertönen. »So ein Fuck!«, schimpfte er los. »Wenn mir was stinkt, dann doch nur, dass wir uns mit diesem stumpfsinnigen Gequassel den ganzen Tag versauen ... Wir haben Ferien, das Wetter ist toll – und was machen wir? Wir reden über diesen Flüchtlingsscheiß.«

»Wer hat denn damit angefangen?« Inkas Stirn umwölkte sich immer mehr. »Lässt dein Kurzzeitgedächtnis dich etwa jetzt schon im Stich?«

Wie bedauerte Matti in diesem Moment, mitgefahren zu sein. Ultrapeinlich war ihm dieser Streit. Kurz entschlossen griff er nach seinem T-Shirt. »Ist besser, ich haue ab. Will euch nicht länger stören. Hab heute noch was vor.«

Doch zu spät. Mark war durch nichts mehr zu besänftigen. Dass Inka ihm die Schuld an dem Streit anlastete – und das, wie er ja wusste, auch noch zu Recht –, stank ihm viel zu sehr, um jetzt einfach nachgeben zu können. »Wenn du heute noch so viel vorhast, weshalb bist du dann überhaupt mitgekommen?«, giftete er. »Hätteste dir das verkniffen, dann hättest du auch nicht gestört.«

»Er ist mitgefahren, weil *ich* ihn dazu eingeladen habe.« Inka sagte das ganz ruhig, doch mit so böse funkelnden Augen, dass Mark sie nicht ansehen konnte und er Matti nun fast schon ein bisschen leidtat. »Und diese Einladung, Mark Billerbeck, die gilt noch immer. Wenn du damit nicht umgehen kannst – sorry! –, dann ist's vielleicht besser, *du* haust ab … Komm erst mal wieder zu dir!«

»Alles klar, bin schon weg!« Mark sprang auf. Einfacher kam er aus dieser hässlichen Situation, in die er sich selbst gebracht hatte, nicht heraus. Wie im Zeitraffer sammelte er seine Kleider ein, klemmte sie auf dem Gepäckträger fest, bestieg sein Rad und fuhr davon; in Badehose und ohne auch nur ein einziges Mal zurückzublicken.

»So ein Idiot!«, schimpfte Inka laut, nachdem sie ihm lange nur stumm nachgeschaut hatte. »Was ist bloß in ihn gefahren? So unterirdisch blöd hat er sich ja noch nie angestellt.« Und kopfschüttelnd sah sie Matti an. »Ich glaub, ich träume. Da trifft man mal jemanden wieder, mit dem man als Kind 'n paar Tage lang zusammen gespielt hat, und schon fühlt sich Seine Majestät beiseitegeschoben. Seid ihr alle so?«

»Hab eben wirklich gestört.« Matti wusste nicht, was er sonst dazu sagen sollte.

»Aber wieso denn? Was ist denn so entsetzlich Schlimmes daran, mal zu dritt schwimmen zu gehen? Oder darf ich etwa mit keinem anderen mehr reden?«

Inkas Gesicht wurde immer mehr zu einem Knoten aus Entschiedenheit und Überzeugung. Nur kurz dachte sie noch nach, dann legte sie sich wieder ins Gras und klopfte neben sich auf die Erde. »Komm, leg dich auch wieder hin! Ist so ein toller Tag heute und ich will ja noch mal ins Wasser. Das mit Mark, das wird sich schon wieder einrenken. In Wahrheit, ehrlich, in Wahrheit ist er ja gar nicht so.«

Sie gingen noch mal schwimmen und lagen danach erneut im Gras, um sich von der Sonne trocknen zu lassen. Doch hatten sie zuvor nicht viel miteinander geredet und auch jetzt schien Inka keine große Lust darauf zu haben.

Matti sah es ihr an: Marks Verhalten, es ging ihr nicht aus dem Kopf. Vorsichtig versuchte er, sie auf andere Gedanken zu bringen. »Willst du eigentlich immer noch nach Südamerika?«

Sie lachte leise. »Nee, schon lange nicht mehr. Inka zu den Inkas? Das ist vorbei.«

»Hat aber viel Spaß gemacht damals. Hab nie wieder so spannende Ferien erlebt.«

Er sah sie nicht an, als er das sagte.

»Klar!« Nach einigem Zögern nickte sie. »War klasse damals ... Nur schade, dass wir keine Fotos gemacht haben: Matti und Inka, die beiden Auswanderer auf ihrer *Hazienda*! Bestimmt sahen wir irre lustig aus.«

Konnte es eine bessere Gelegenheit geben, aufzuspringen und an die Gepäcktaschen zu gehen? »Und das hier?« Matti hielt ihr das Foto hin, das er mitgebracht hatte. »Das haste wohl vergessen? Hat mein Vater von uns gemacht.«

Sie riss die Augen auf. »Mensch, das hab ich wirklich vergessen! Aber na klar, das hast du mir doch später geschickt ... Nur ob ich's noch habe? Keine Ahnung!«

Lange betrachtete sie das Foto. »Wie kindlich wir darauf noch aussehen! Kaum zu glauben, dass das erst vier Jahre her ist.« Dann musste sie plötzlich kichern. »Nur gut, dass Mark das nicht gesehen hat. Sonst hätt er sich noch im See ertränkt ... Wenn einer ein solches Foto mit sich rumschleppt, dann gibt's ja vielleicht doch Grund zur Eifersucht.«

»Hab das doch nicht *immer* bei mir.« Blöd, dass er das jetzt sagen musste. Vor allem, weil es in Wahrheit ja noch viel schlimmer war: Was würde Inka erst denken, wenn sie wüsste, dass er dieses Foto bis vor ein paar Tagen an seiner Pinnwand hängen hatte? All die Jahre über hatte er es nicht fertiggebracht, es irgendwann mal wegzulegen.

»Darf ich's mir abfotografieren?« Als hätte sie in ihm erst jetzt so richtig den Jungen von damals wiedererkannt, so sah sie ihn an. »Ich weiß ja nicht, ob ich meinen Abzug noch habe.« Sie kramte schon ihr Handy aus der Tasche.

»Von mir aus kannst du den behalten. Hab zu Hause noch einen.«

»Danke!« Sie lächelte ihm zu und legte sich das Foto, weil sie nicht extra an ihr Rad gehen wollte, so auf ihren inzwischen von der Sonne getrockneten Bauch, dass die weiße Rückseite zu sehen war. Bestimmt nur, um die Aufnahme vor den heißen Sonnenstrahlen zu schützen. So aber konnte Matti sich vorstellen, dass der Junge auf dem Foto auf diese Weise Gelegenheit bekam, ihren Bauch zu küssen. Rasch wandte er den Blick ab. Er hätte sie jetzt ja wirklich gern geküsst, egal ob auf den Bauch oder auf den Mund. Wenigstens aber hätte er gern mal ihre so igelkurzen, noch immer feuchten Haare gestreichelt. Doch nein, auch das hätte sie nicht zugelassen. Irgendwie war Mark noch immer bei ihnen.

Sie blieben am See, bis die Sonne am Untergehen war und Inka Hunger bekam.

Zuletzt hatten sie wieder mehr geschwiegen als geredet, auf der Heimfahrt aber sagte sie auf einmal sehr ernst: »Du musst es mir glauben, Mark ist sonst wirklich nicht so. Normalerweise kann man mit ihm über alles reden, er weiß über so vieles Bescheid ... Nur heute, da hat er irgendwie ganz anders getickt. Vor lauter Eifersucht muss sein Verstand ausgesetzt haben.«

»Klar!«, murmelte Matti nur. »Hab ich mir schon gedacht.« Und er quälte sich ein Grinsen ab. »Sonst wärst du doch gar nicht mit ihm zusammen.«

»Bingo!« Sie lachte, und wieder radelten sie schweigend nebeneinanderher, bis es Matti juckte, ihr endlich zu gestehen, dass seine Geschichte vom Zelt im Wald nicht stimmte. »Übrigens«, begann er, »ich campiere gar nicht im Wald. Weißt du, wo mein Schlafsack liegt?«

»Nee, woher denn?«

»Auf unserer Hazienda.«

Ein Geständnis, das sie verblüffte. »In der alten Bruchbude?«

»Ja.« Er gab sich, als wäre daran nichts Ungewöhnliches. »Da hab ich doch wenigstens 'nen Rest Dach überm Kopf und werde, wenn's mal wieder so regnet wie letztens, nicht weggeschwemmt.«

Sie fuhren noch ein paar Meter weiter, dann bremste sie plötzlich und stieg ab, um ihn richtig anschauen zu können. »Weshalb hast du das denn nicht gleich gesagt?«

»Na ja!« Er sah ihr nicht in die Augen, spielte lieber mit der Fahrradklingel. »Hab Hadscha doch das vom Wald erzählt, und er war ja dabei, als wir – als ich das gesagt habe.«

Geduldig wartete sie, bis er ihrem Blick nicht länger ausweichen konnte, dann fragte sie leise: »Jetzt mal ehrlich, Matti: Bist du *meinetwegen* wiedergekommen?«

»Quatsch!« Er lachte, als wäre das ein ganz und gar unvorstellbarer Gedanke. »Wollte wirklich nur mal die Gegend wiedersehen … Wegen der tollen Erinnerungen und weil ich ja sonst nichts zu tun hatte. Berlin im Sommer, das ist nur was für Touristen … Und warum sollten wir uns, wenn ich schon mal hier bin, denn nicht auch mal treffen? Da ist doch wirklich nichts dabei.«

Wieder sah sie ihn ein Weilchen nur nachdenklich an, dann wollte sie mit einem Mal wissen: »Hast du eigentlich 'ne Freundin?«

»Klar!«

»Und wie heißt sie?«

»Jessy.«

»Und wie lange seid ihr schon zusammen?«

»Fast ein Jahr.«

»Also was Festes?«

»So ziemlich.«

Ein Frage- und Antwortspiel wie ein Verhör. Doch wozu Inka verraten, dass zwischen Jessy und ihm längst Schluss war? Das würde sie in ihrem Verdacht, dass er allein ihretwegen gekommen war, ja nur bestärken.

»Mark und ich«, sagte sie da mit so fester Stimme, dass keinerlei Zweifel blieben, »wir sind noch nicht so lange zusammen. Erst seit etwa drei Monaten. Im Moment aber kommt für mich kein anderer infrage.«

Deutlicher ging's nicht. Matti nickte es ab. »Klaro! Mit Jessy ist's ja auch nicht anders.«

»Gut!« Sie lächelte ihm zu, als wäre damit alles geklärt. »Trotzdem freue ich mich, dass du mal wiedergekommen bist. Ehrlich! Freunde kann man nicht genug haben, finde ich.«

»Sehe ich genauso.« Matti trat wieder in die Pedalen. Aber jetzt fuhr er lieber immer ein, zwei Meter vor Inka her. Besser, wenn sie ihm nicht ins Gesicht schauen konnte.

Ameise oder Elefant

In dieser Nacht stand Matti an der Reling eines schneeweißen, durch prallen Sonnenschein gleitenden Ozeanriesen. Das Meer leuchtete saphirblau, vor einem unendlich langen, palmenbewachsenen Sandstrand standen Badende und winkten. Im Hintergrund grüßten hohe, sehr grüne und sehr felsige Berge.

War das Südamerika? Oder Australien? – Egal! Es war ein so wunderbares Dahingleiten immer weiter an dieser so friedlich-freundlichen Küste entlang, die Leute neben ihm redeten in allen möglichen Sprachen miteinander und waren so heiter gestimmt, dass er im Traum lächeln musste.

Erwacht – es war noch mitten in der Nacht –, spürte er Enttäuschung. Am liebsten wäre er auf das Schiff zurückgeflüchtet. Doch konnte er die Augen noch so fest schließen, um diese Bilder in sich zurückzurufen, es wurde nicht mehr, wie es war. Einziger Trost: Endlich hatte er mal etwas Schönes geträumt!

Nur: Warum ausgerechnet heute? Und warum von einer Schiffsreise in ferne Länder? Etwa weil er mit Inka über Südamerika gesprochen hatte? Oder war das wegen dieser Familie Fuchs, die es von Windeck gleich bis nach Australien verschlagen hatte?

Fragen, die ihn noch wacher werden ließen. Wahnsinn, was er in den wenigen Tagen hier alles zu hören bekommen hatte. Zuerst Hadscha Kreys Geschichte: der junge, fußballbegeisterte Mann, der seine Klappe nicht halten konnte und deshalb ins Gefängnis kam und der die Frau, die ihn dahin gebracht hatte, trotz allem liebte und deshalb nicht aus den Augen verlieren wollte. Später die der Familie Fuchs, die keinen Lügen mehr glauben und nicht enteignet werden wollte und deshalb lieber freiwillig fortgegangen war. Und – aller bösen Dinge sind drei – nicht zuletzt das, was Dr. Najib über Muhammad und Gamal erzählt hatte.

Was hatte er, Matti Marquardt, dagegen schon Großes erlebt? – Seine Freundin hatte mit einem anderen geknutscht. Na und? Es gab einen Lehrer, mit dem er nicht auskam. Na und? Seine Eltern lebten zu sehr in ihrer eigenen Welt, um ihren Sohn noch richtig wahrzunehmen. Drittes »Na und?«.

Oder war das falsch, wenn er so dachte? Betrog er damit sich selbst? Ist ja alles relativ, wie Eddie oft sagte. Für eine Ameise ist ein Maulwurfshügel ein Berg, ein Elefant sieht den erst gar nicht …

Zum Glück wurde er dann doch noch mal müde, schlief ein und erwachte erst, als es schon später Vormittag war. Die Sonne wärmte bereits kräftig, und er blieb nicht mehr lange liegen, sondern lief gleich auf die Wiese hinaus, hin zu seinem Whirlpool, um sich, ohne erst lange zu zögern, der Länge nach hineinzuwerfen.

Im Nu hellwach, planschte er noch zwei, drei Minuten in dem eiskalten Bach herum, bevor er sich – frisch und munter und wie neugeboren – unter der Pumpe wusch und sich so gründlich die Zähne putzte, als müsste er gleich darauf zur zahnärztlichen Kontrolle.

Als auch das erledigt war, setzte er sich hinterm Haus auf die Bank, um jede Menge von dem in seine Flasche abgefüllten Pumpenwasser zu trinken und auch was gegen den Hunger zu tun.

Nächste Aktion: Smartphone checken. Und ja, noch am Abend hatte Silvia ihm was auf die Mailbox gesprochen. Und weil er sich daraufhin nicht gemeldet hatte – nach dem gemeinsamen Tag mit Inka hatte er nichts anderes mehr hören oder lesen wollen –, hatten Eddie und sie ihn, ungeduldig wie sie waren, bis spät in die Nacht mit immer neuen Mails bombardiert. Alles *Melde-dich!*- und *Lass-uns-miteinander-reden!*-Bitten, umrahmt von Vorwürfen.

Seine kurze Antwort: *Macht euch doch nicht immer wieder solche Sorgen. Mir geht es bestens. Ehrlich! Bin ja auch bald wieder zurück. Euer Matti.*

Interessanter war eine andere Mail: Jessy hatte sich noch mal gemeldet. Und auch diese Mail war erst sehr spät abgeschickt worden – genau eine halbe Stunde vor Mitternacht. *Hallo Matti,* begann sie, *was ich dir neulich geschrieben habe, das war alles großer Quatsch. Hab das gar nicht so gemeint. War nur so sauer – und das zuallererst auf mich selbst.*

Klang ziemlich zerknirscht. Und ging auch so weiter: *Ja, ich weiß, ich hab Scheiße gebaut. Auch meine Mail an dich, das war eine richtige Scheißmail. Ist ja eigentlich alles ganz anders gewesen ... Das mit Peer, das war nur 'n Ausrutscher. Wirklich! Hab mich an dem Abend so über dich geärgert, weil du wegen deinem ewigen Schwimmtraining mal wieder keine Zeit für mich hattest ... Ja, und dann hab ich Peer getroffen, und er hat Witze gerissen und mich zum Lachen gebracht. Und da hab ich irgendwann gedacht: Warum denn nicht, wenn dir dein Schwimmtraining so viel wichtiger ist, als ich es bin. Und hab mich von Peer küssen lassen ... Das war falsch und darüber ärgere ich mich sehr. Aber so wie mit dir, das kannst du mir ruhig glauben, so war das nicht. Das hab ich gleich gemerkt. Er aber dachte, dass ich jetzt mit ihm zusammen bin, und da hab ich mich nicht getraut, ihm zu sagen, dass ich ja nur sauer auf dich war ... Und dann, dann hab ich blöde Kuh noch einen Fehler gemacht. Weil ich mich für die Sache mit Peer so geschämt habe, hab ich dich in der Schule nicht angekuckt. Und du hast mich auch nicht angekuckt. Aber ich wusste ja nicht, warum, und deshalb fand ich nicht nur mich, sondern auch dich irgendwie kaputt ... So! Jetzt weißt du alles. Und diese Scheißmail, die hab ich auch nur geschrieben, weil ich mich so geschämt habe. Was auch falsch war. Das hab ich längst eingesehen und das tut mir jetzt ungeheuer leid.*

Matti konnte nur staunen. Was waren denn das für Töne? So am Boden zerstört hatte er Jessy ja noch nie erlebt. Nur: So ganz stimmte das ja nicht, was sie da schrieb. Von wegen *küssen lassen*! Sie hatte Peer ja zurückgeküsst, das hatte er ganz deutlich gesehen ...

Auf jeden Fall, so Jessy weiter, *weiß ich jetzt, wie sehr du mir fehlst und – lach bloß nicht! – wie lieb ich dich habe. Wenn ich an eurem Haus vorübergehe und es ist Abend, schaue ich jedes Mal hoch, ob Licht in deinem Fenster ist, ob du also schon zurück bist. Einmal hab ich sogar ein bisschen geheult … Darfst du ruhig alles wissen, will mich nicht mehr verstellen.*

Er wollte cool bleiben, spürte aber schon, dass ihm das nicht gelingen würde. War das mit Peer denn wirklich nur so 'n dummer Ausrutscher gewesen?

Peer hab ich es jetzt gesagt. Auch wenn das mit dir vielleicht nichts mehr wird, weil du die Sache mit ihm nicht vergessen kannst, das mit Peer, das wird erst recht nichts. Er hat reagiert wie ein Idiot. Erst hat er mich beschimpft, weil ich zwei Freunde auseinandergebracht hätte und das für nichts und wieder nichts, dann hat er getan, als ob er sich in Wahrheit gar nichts aus mir machen würde. Und ganz fies gelästert. Nichts als 'ne Tüte Eis sei ich für ihn gewesen, hat er gesagt. Nur mal kurz an mir lecken hätte er gewollt, um auszuprobieren, wie ich schmecke. Da bin ich wütend geworden und hab ihm eine gescheuert und er hat zurückgehauen …

Waas? Peer hatte Jessy geschlagen? Matti las die Stelle zweimal und spürte, wie die Wut auch in ihm hochkochte. Am liebsten wäre er aufgesprungen, auf sein Rad gestiegen und nach Hause gerast, um Peer zur Rede zu stellen. Oder um ihm gleich ein paar zu verpassen. Ein Mädchen schlagen – wer kommt denn auf so was? Und von wegen Tüte Eis! Für diese *Tüte Eis* wäre Peer bis nach

Kambodscha gelaufen, wenn sie dort auf ihn gewartet hätte …

Schnell las er die letzten Zeilen: *Ich würde mich ja so freuen, wenn wir uns, bevor meine Eltern und ich nach Italien fliegen, mal treffen könnten. Um richtig über alles zu reden. In so einer Mail, da kann man ja nicht alles erklären. Und telefonieren, ohne dass wir uns dabei ansehen können, das möchte ich nicht. Dann muss ich bloß wieder heulen. Deine Jessy.*

Puh! Und nun? Wie war ihm zumute? Jessy hatte Peer abgeschossen, seinetwegen hatte sie geheult und jetzt wünschte sie sich ihn zurück … Ja, und er? Wollte er das überhaupt noch? *Weggegangen, Platz vergangen,* wie es im Kindergarten hieß … Andererseits: Ihr diesen *Ausrutscher* zu verzeihen, würde das nicht so was wie wahre Größe beweisen? Nur: Da war ja jetzt Inka. Zwar ging sie mit Mark, aber hatte sie die Gedanken an Jessy nicht längst verdrängt?

Alles nicht so einfach. Er war sich über seine Gefühle für Jessy nicht mehr im Klaren. Nur eines, das stand fest: Egal, wie er auf ihre Bitte um ein Treffen reagieren würde, auf keinen Fall durfte er ihr sofort antworten. Er hatte die Sache mit Peer erst verdauen müssen, er musste auch diese Mail erst mal sacken lassen. Vielleicht ließ sich, was an jenem Abend kaputtgegangen war, ja gar nicht mehr reparieren? Konnte ja sein, dass Jessy irgendwann mal wieder sauer auf ihn war und ein anderer Hollywood-Peer ihr über den Weg lief. Gab ja keine Garantie dafür, dass ihr so etwas nicht noch mal passierte.

Sein Gespräch mit Hadscha Krey fiel ihm ein. Dieser alte Schlager, von dem er erzählt hatte: *Die Liebe ist ein seltsames Spiel*. Das stimmte vielleicht wirklich. Da gab es Jessy, von der er bis vor ein paar Tagen geglaubt hatte, dass er sie wirklich und wahrhaftig liebte, und da gab es Inka, die fest mit Mark ging und ihm im Augenblick dennoch viel wichtiger war. Konnte man denn zwei Mädchen gleichzeitig lieben?

Er seufzte tief. So viel Genugtuung ihm Jessys Mail auch bereitete, irgendwie machte sie die ganze Sache nicht leichter. Nachdenklich schaltete er das Smartphone aus und blickte sich um.

Und jetzt? Was anfangen mit diesem späten Sonntagvormittag? Er hatte vorgehabt, ein bisschen Wäsche zu waschen, zwei T-Shirts, eine Unterhose, ein Paar Strümpfe. Keine große Sache, das Ganze: Einfach nur alles in den Whirlpool getaucht, mit Seife eingerieben, ausgespült und zum Trocknen in die Büsche gehängt … Doch jetzt hatte er keine Lust mehr auf diesen Zirkus; er besaß ja noch für einen Tag saubere Wäsche.

Besser, er fuhr zu Hadscha Krey. Um endlich sein Smartphone aufzuladen. Wenn er nicht riskieren wollte, irgendwann alle Verbindungen in die Restwelt zu verlieren, musste er das jetzt endlich mal tun.

Sonntagsstille hoch drei! Kein Mensch zu sehen, kein Geräusch zu hören in diesem Dorf. Nur ab und zu ein Hund, der hinter einem Zaun hin und her raste und sich die Seele aus dem Leib kläffte, weil da endlich mal einer auftauchte, der ihn daran erinnerte, wofür er sein Futter bekam. Kaum vorstellbar, dass es irgendwo sonst auf der Welt in diesem Augenblick nicht so friedlich zuging.

Im Garten von Inkas Großmutter war niemand zu sehen. Matti spähte zu Inkas Fenster hin. Ob Mark und sie sich inzwischen wieder versöhnt hatten?

Ihr Fenster stand offen, leise Musik war zu hören. Er zögerte einen Moment, dann fuhr er weiter – er war der Letzte, der die beiden jetzt stören durfte – und schob sein Rad in Hadscha Kreys Garten.

Der alte Hadscha hatte ihn schon kommen gesehen, gleich kam er vor die Tür. »Heut geht's hier ja zu wie im Taubenschlag«, begrüßte er ihn bestens gelaunt. »Na, mir soll's recht sein. Offenes Herz, offenes Haus, oder?«

Er hatte Besuch? Damit hatte Matti nicht gerechnet. »Wollte nur mal kurz mein Smartphone aufladen«, entschuldigte er sein Kommen, »bin gleich wieder weg.«

»Lade auf, was immer du aufladen willst.« Mit beiden Händen winkte Hadscha Krey ihn durch die Tür. »Aber wieso denn *gleich wieder weg*? Störst doch niemanden.«

Elena war der Besuch. Sie saß auf einem von Hadscha Kreys frei geräumten Stühlen, neben ihr thronte ein blonder Holzfällertyp: groß und wuchtig, kantiges Gesicht, weite Jeans, kariertes Hemd.

»Na, dann sind ja wieder mal alle üblichen Verdächtigen versammelt!« Auch Elena freute sich über Mattis Kommen. Verschwörerisch zwinkerte sie ihm zu, gab ihm die Hand und stellte ihn dem Holzfäller vor: »Das ist Matti, der Junge, von dem ich dir erzählt habe.« Und zu Matti gewandt sagte sie: »Und der grimmige Waldschrat neben mir, das ist Jan, der Mann, der mich auf Händen trägt.«

Dieser Jan reichte Matti seine Pranke. »Freut mich, dich kennenzulernen. – Hab die ganze Geschichte gehört. – Weiß bestens Bescheid.«

Er hatte eine sehr volltönende Stimme, aber eine seltsame Art zu sprechen; so als müsste er zu jedem Satz erst Anlauf nehmen.

»Kommst gerade recht«, sagte Elena dann, als Hadscha Krey noch einen weiteren Stuhl frei geräumt und Matti sein Smartphone an der Steckdose neben der Tür angeschlossen hatte. »Wir sprechen gerade über Muhammad. Was denkst du, wie soll's jetzt weitergehen mit ihm?«

Eine Frage, die Matti nur mit einem Achselzucken beantworten konnte. Woher sollte denn ausgerechnet er das wissen?

»In vielen Städten«, so Elena weiter, »gibt's Patenschaften – also Leute, die einzelnen Flüchtlingen zur Seite stehen. Sie nehmen sie nicht etwa bei sich auf, weil sie das ja meistens gar nicht können, doch versuchen sie, so gut es geht, zu helfen, gehen mit ihnen zu den Behörden und kümmern sich auch sonst um ihre Belange. – Wäre das nicht auch was für uns? Ich meine, für Jan und mich. Muhammad hat hier ja sonst keinen.«

Wieder eine Frage, von der Matti nicht wusste, was er dazu sagen sollte. Schlecht wäre eine solche Patenschaft sicher nicht.

Jan hatte ihn beobachtet und nickte ihm zu, als hätte er seine Gedanken erraten. »Zuallererst geht's natürlich darum, dafür zu sorgen, dass er in Meck-Pomm bleiben darf. – Bayern wäre ein bisschen zu weit für uns. – Außerdem wäre er hier bei seinem Freund Gamal. – Nur wird dafür ein Anwalt eingeschaltet werden müssen. – In den zuständigen Behörden sitzen ja oft die stursten Betonköpfe.«

»Oft, aber nicht immer«, widersprach Elena. »Und warum sollten wir denn an keinen geraten, der Verständnis für die beiden Jungen hat? Solche Freundschaften sind für so junge Burschen doch von allergrößter Bedeutung. Und das erst recht, wenn sie sonst keine Verwandten mehr haben.«

Hadscha Krey, der sich nicht gesetzt, sondern nur an seinen mit Zeitschriften, Büchern und sonstigen Papieren überladenen Tisch gelehnt hatte, stach mit dem Mundstück seiner Pfeife in die Luft. »So ist es! Probieren geht über Studieren, oder?«

»Gut!« Jan sah keinen Grund, dem zu widersprechen, blieb aber dabei, einen Anwalt kontaktieren zu wollen. Er halte das für unbedingt notwendig, sagte er, da Muhammad wegen des Überfalls auf die *Futterkiste* nach seiner Genesung in jedem Fall vor Gericht gestellt und vielleicht sogar in Jugendhaft genommen würde. »Ein bewaffneter Überfall, das ist – bei allem Verständnis für seine Notlage – nichts, was sich so einfach beiseitewischen lässt.«

Das hatte ja auch Elena schon befürchtet, also wurde beschlossen, dass Jan und sie tags darauf ins Krankenhaus fahren sollten, um das Ganze mit Muhammad zu bereden. »Er muss ja damit einverstanden sein, dass wir uns um ihn kümmern«, sagte sie. Und sah gleich darauf Matti an. »Kommst du mit? Morgen Nachmittag, wenn Jan von der Arbeit zurück ist, wollen wir hin … Bis dahin wird der Junge sich ja vom Schlimmsten erholt haben.«

»Klar komme ich mit.« Matti musste nicht lange überlegen. »Will ja auch heute noch zu ihm. Dann kann ich ja schon mal fragen, ob Dr. Najib morgen Dienst und Zeit zum Übersetzen hat.«

»Gute Idee!« Hadscha Krey rieb sich mal wieder die Hände. »So kommt Bewegung in die Geschichte. Und das ist doch besser als stille sitzen und Trübsal blasen, oder?«

Inka! Sie arbeitete im Garten; ihre Großmutter und sie pflückten die letzten Erdbeeren. Inka trug wieder ihre Jeans, ihre Großmutter einen geblümten Kittel.

Matti lehnte das Rad gegen den Zaun, blieb aber auf dem Sattel sitzen. Erst als längere Zeit weder Inka noch ihre Großmutter auf ihn aufmerksam geworden waren, ließ er mal kurz die Fahrradklingel schrillen. Beide sahen sie auf und gleich kam Inka auf ihn zu. »Warst du bei Hadscha?«

»Ja.«

Inka sah müde aus, müde und blass, ihre Augen waren geschwollen.

»Habt … habt ihr euch wieder vertragen?« Er fragte das, ohne Marks Namen zu nennen und ohne Inka anzusehen.

»Nein! Er ist weggefahren, gleich am Morgen. Ist einfach abgehauen.« Ihre Stimme klang heiser. »Wir haben uns am Abend wieder gestritten … Dass wir so lange am See geblieben sind, ohne ihn, das hat ihn noch mehr gewurmt als alles andere zuvor. Er hat einfach nicht einsehen wollen, dass er sich wie 'n Idiot benommen hat. Taub und stur wie 'n Zaunpfahl ist er gewesen.«

Sie verstummte ärgerlich. Kaute nur noch an ihrer Unterlippe. Bis Matti glaubte, wieder etwas sagen zu müssen. »Ist … ist er mit dem Bus gefahren?«

»Denkste, mit dem Hubschrauber geflogen?«

»Vielleicht.« Er hatte etwas wirklich Dummes gefragt. Es gab ja, wenn einer kein Auto besaß und nicht radeln wollte, gar keine andere Möglichkeit, von Windeck fortzukommen, als den Bus zu nehmen, der am Dorfteich hielt. Inkas Reaktion jedoch erschien ihm zu hart. Machte sie ihm insgeheim vielleicht doch Vorwürfe? Hatte er mit seinem Auftauchen all ihre schönen Ferienpläne mit Mark durchkreuzt?

»Entschuldige!« Sie strich ihm über den Arm. »Hab's nicht so gemeint. Es ist nur … Ich bin so sauer auf ihn. Er ist doch sonst nicht so, gestern aber, da hat er sich wie so 'n kleiner grüner, schielender Eifersuchtsteufel benommen … Das war überhaupt nicht der Mark, wie ich ihn kenne.«

Dazu sagte Matti lieber nichts. Inkas Zorn auf Mark musste sich irgendwie Luft verschaffen und mit wem hätte sie denn sonst darüber reden sollen? Ihre Großmutter war dafür sicher nicht die Richtige. »Was er da gestern alles von sich gegeben hat«, schimpfte sie, »das ist doch genau der Müll, über den er sonst nur lästert. Darf man denn, nur weil man eifersüchtig ist, plötzlich all das sagen, was man sonst bescheuert findet?«

Darauf wusste Matti keine Antwort. »Wär vielleicht doch besser gewesen, wenn ich nicht mitgefahren wäre. Eigentlich wollte ich das ja auch gar nicht. Hab mich nur überreden lassen … Und deshalb finde ich eigentlich nicht, dass ich schuld daran bin, dass ihr euch gestritten habt.«

Er musste das jetzt endlich mal loswerden. Das fehlte ihm gerade noch, dass er jetzt der Sündenbock war.

»Bist du ja auch nicht.« Inka seufzte. »Du bist einfach nur ein lieber Kerl. Aber wahrscheinlich hat gerade das ihn so stinkig gemacht. Darf eben keinen Gott neben ihm geben.«

War das ein Kompliment? Oder eher eine Abwertung? Auch Hunde konnten »liebe Kerle« sein. Und dann auch noch: »*nur* ein lieber Kerl …« Andererseits: Wenn Mark keinen »Gott« neben sich duldete, hieß das ja, dass er, Matti Marquardt, in Inkas Augen irgendwie auch einer war. Oder in Marks Augen. Oder hatte er da irgendwas falsch verstanden?

Unschlüssig, was jetzt zu tun oder zu sagen war, stieß Matti sich vom Zaun ab, um ein Weilchen vor Inka herumzukreisen, als müsste er genau in diesem Moment unbedingt mal wieder in die Pedalen treten. Dann, ganz plötzlich, bremste er und sah sie auffordernd an. »Ich fahr jetzt zu Muhammad. Du … du wolltest doch mal mitkommen?«

»Jetzt gleich?« Sie überlegte nicht lange. »Gut! Hab sowieso nichts anderes vor. Sag nur schnell Oma Bescheid.«

Und damit lief sie los und kam schon nach wenigen Minuten mit ihrem Rad und einem Körbchen Erdbeeren auf dem Gepäckträger zurück. »Wir werden unterwegs ja mal Rast machen«, sagte sie und schob Matti ein besonders dickes Exemplar der leuchtend roten Beeren in den Mund. »Koste mal! Schmecken besser als die aus dem Supermarkt,oder?«

Keine Chance

Sie machten schon bald Rast. Auf einer Wiese am Wegesrand saßen sie, die Räder ins Gras gelegt, den Korb mit den Erdbeeren zwischen sich. Mal griff Inka zu, mal Matti.

Lange redeten sie nichts. Dieser gemeinsame Ausflug, dachte Matti – und vielleicht dachte Inka ja Ähnliches –, war das nicht fast wie vor vier Jahren, als sie Tag für Tag aufgebrochen waren, um gemeinsam irgendwelche Abenteuer zu erleben? – Grillen zirpten, Wespen mussten vertrieben werden, in dem schmalen Waldstreifen hinter ihnen rief ein Kuckuck. Ein Sommertag wie aus dem Bilderbuch.

Ja, und dann passierte es: Zur gleichen Zeit griffen sie nach den Erdbeeren, ihre Hände berührten sich – und er hielt Inkas Hand fest. Ganz unbewusst. Er hatte sich nichts dabei gedacht; es war ihm – es gab kein anderes Wort dafür – einfach passiert.

Mit großen Augen sah sie ihn an, entzog ihm ihre Hand aber nicht, sagte nur: »Jetzt mal ehrlich, du bist doch ganz allein meinetwegen gekommen.«

»Ja.«

Er gab es zu. Wozu denn jetzt von Jessy reden, von Apfelschröder und den Eltern? Hätte es keine Inka gegeben, vielleicht wäre er ja trotzdem losgefahren, um irgendwo mit sich allein zu sein. Aber wäre er dann ausgerechnet in Windeck gelandet?

Ein weiterer prüfender Blick, dann schüttelte sie voller Verwunderung den Kopf. »Aber das ist doch irre … Nach so langer Zeit? Und nur, weil wir als Kinder mal zusammen gespielt haben?«

»Ja.«

Mehr gab es dazu nicht zu sagen. Er konnte sich seinen so unbedingten Wunsch, sie wiederzusehen, ja auch nicht erklären. Er war damals, als Elfjähriger, ja nicht etwa in sie verliebt gewesen. Sie hatte ihm nur mächtig imponiert – und irgendwie hatte er sich ihr nahe gefühlt.

»Aber du hast doch erzählt, dass du 'ne Freundin hast.«

»Na und? Hab trotzdem öfter an dich gedacht … Vielleicht weil wir uns damals so gut verstanden haben.«

Da entzog sie ihm doch lieber ihre Hand, nahm sich eine Erdbeere und drehte sie unschlüssig hin und her. »Und deine Freundin … wie heißt sie noch mal?«

»Jessy.«

»Was würde sie dazu sagen, wenn sie wüsste, dass du jetzt mich anbaggerst?«

»Wieso?« Er spielte den Entrüsteten. »Ich bagger dich doch nicht an. Weiß ja, dass du mit Mark zusammen bist. Hab dich nur mal wiedersehen wollen … Oder ist das etwa nicht erlaubt? Gestern hast du noch ganz anders geredet, Freunde kann man nicht genug haben und so.«

Jetzt hätte sie ihm gern eine Frage gestellt: Und warum hast du dann eben meine Hand gehalten? Doch sie blickte ihn nur weiter so prüfend an, bis er endlich zugab: »Na ja, eigentlich weiß ich gar nicht, ob ich noch mit Jessy zusammen bin.« Und stockend erzählte er ihr, wie er Jessy mit Peer beobachtet und jetzt – aus seiner Ruine heraus – per Mail mit ihr Schluss gemacht hatte.

Inka sagte dazu nichts, nahm aber noch immer ihren Blick nicht aus seinem Gesicht. Spürte sie, dass das noch nicht alles war? Widerwillig rückte er auch noch damit heraus, wie Jessy sich in ihrer ersten, raschen Antwort so hart verteidigt und in ihrer letzten Mail dafür umso reumütiger gegeben hatte. Nur wie es zwischen Peer und Jessy zu Ende gegangen war, verschwieg er. Inka musste ja nicht alles wissen. »Und jetzt will sie sich mit mir treffen, um mal über alles zu reden. Ich weiß aber noch nicht, ob ich das auch will.«

»Aber du musst ihr doch irgendwas antworten.«

»Ja, na klar! Zuallererst aber muss ich wissen, ob ich das überhaupt noch will – ich meine: dieses Treffen.«

Schweigend steckte Inka sich die Erdbeere in den Mund, um sich gleich darauf eine neue zu nehmen, die sie wiederum erst lange hin und her drehte. »Ich würde ihr glauben«, seufzte sie dann und nickte dazu.

»Was – glauben?«

»Na, dass sie's bereut. Und dass sie dich viel lieber hat als diesen Peer.«

Sagte sie das nur, um ihn auf Abstand zu halten? Wer eine Jessy hatte, der brauchte doch keine Inka? Besser, er entgegnete nichts. Mit hektischen Bewegungen verjagte er eine besonders aufdringliche Wespe.

Eine Weile sah sie ihm zu, als interessiere sie, was er da veranstaltete, dann schob sie auch diese Erdbeere in den Mund und nahm wieder seine Hand. »Du bist in Ordnung, Matti. Wirklich! Und wenn's Mark nicht gäbe …«

Sagte es und wandte den Kopf ab, wie um nicht zu viel zu verraten.

Er spürte, wie sein Herz schneller klopfte. Was sollte das denn heißen, dieses *Und wenn's Mark nicht gäbe*? Was wäre *dann*? Konnte sie sich vorstellen, dass sie dann doch mit ihm … Sachte zog er sie an der Hand. Und da drehte sie sich zu ihm um und sah ihn mit großen, unsicheren und irgendwie fragend blickenden Augen an. Und da fasste er Mut und wagte es ganz einfach – er beugte sich vor und küsste sie vorsichtig.

Erst wollte sie den Kopf abwenden, dann, ganz plötzlich, musste sie es sich anders überlegt haben. Sie öffnete den Mund und küsste ihn zurück. Und auch das irgendwie fragend.

So wurde es ein lang andauernder, neugieriger Kuss. Wer bist du denn eigentlich wirklich, wollte der eine vom anderen wissen.

Und Matti fand kein Ende. Er konnte es einfach nicht fassen, dass Inka genauso neugierig auf ihn war wie er auf sie. Bis sie plötzlich lachen musste. Sie löste sich von ihm und ließ sich ins Gras fallen, sah ihn aber weiter so fragend an.

Gleich lag er auf ihr und küsste sie weiter – und dann schob er ihr die Hand unters T-Shirt. Sie ließ das zu, und auch als er sich an ihrem Jeansgürtel zu schaffen machte, stieß sie ihn nicht weg. Im Gegenteil, nicht lange und sie griff nach seinem Gürtel.

Matti verspürte eine solche Erregung und Glückseligkeit, wie er sie noch nie zuvor empfunden hatte. Und was wäre in diesem Moment nicht noch alles passiert, wenn sich ihnen nicht plötzlich mehrere laute Stimmen genähert hätten? Vielleicht hätte er an diesem Tag zum ersten Mal mit einem Mädchen geschlafen. So aber schraken sie auf und Inka schob ihn weg und im selben Moment sahen sie schon eine kleine, grell gekleidete Wandergruppe den Weg entlangkommen; Männer und Frauen und mehrere Kinder. Sie redeten und lachten miteinander, und als sie auf ihrer Höhe waren, grüßten die Erwachsenen überfreundlich oder grinsten, als ahnten sie, in welch unpassendem Moment sie hier aufgetaucht waren.

Inka und Matti grüßten still zurück und sahen danach einander lange nicht an.

Was war da mit ihnen passiert? Was war über sie gekommen? Und trug daran denn nur dieser schöne Tag die Schuld – die brütende Sonne, das warme Gras, die süßen Erdbeeren und diese so stark empfundene, plötzliche Nähe?

Vorsichtig versuchte Matti, Inkas Hand zu nehmen. Sie entzog sie ihm sogleich. »Nein!«, bat sie. »Irgendwie … irgendwie war das nicht richtig. Und auch nicht fair. Ich meine, Mark gegenüber.«

Nicht *fair*? Matti riss ein paar Grashalme aus und zerrupfte sie in der Hand. Zu blöd das Ganze. Hatte Inka das denn nun auch gewollt oder nicht?

Er sah sie nicht an, während er das dachte, spürte aber, dass sie ihren Blick nicht aus seinem Gesicht nahm. »Sei mir nicht böse«, bat sie, »doch ich glaube, es war gut, dass wir gestört wurden ... Damit hätten wir Mark im Nachhinein ja recht gegeben ... Er hatte eben gespürt, dass sich hier zwei wiedergetroffen haben, die ... na ja, die sich noch immer mögen.«

Was sollte er zu dieser halben Liebeserklärung denn sagen? Besser, er griff sich ein paar neue Grashalme.

Da nahm sie doch wieder seine Hand. »Ich will ehrlich zu dir sein, Matti: Du gefällst mir. Du gefällst mir wirklich. Aber das verwirrt mich. Denke ich an Mark, dann komme ich mir vor wie eine Verbrecherin. Mark und ich, wir gehören doch zusammen. Es wäre nicht okay gewesen, wenn ... wenn wir das getan hätten.«

Wie sie das sagte und ihn dabei anlächelte, da hätte Matti sie am liebsten gleich wieder geküsst. Er musste sich zusammennehmen, es nicht doch einfach noch mal zu versuchen. Leise rettete er sich in ein »Na ja, wir haben ja auch gar nichts dabeigehabt ... Ich meine, Kondome oder so was.«

Sie lachte nicht über das komische »so was«, spitzte nur den Mund, als wäre es ihr nicht so ganz recht, das jetzt sagen zu müssen, tat es dann aber doch. »Ach, das wär's nicht gewesen! Ich nehme ja die Pille.«

Also hatten Mark und sie schon miteinander geschlafen – und damit wäre es für sie kein erstes Mal gewesen. Er aber, er war wohl doch noch ein halbes Kind, denn wenn *er* mit ihr geschlafen hätte, dann ohne Kondom und ohne zu wissen, dass sie die Pille nahm … Jessy fiel ihm ein; Jessy, die ihn vielleicht genauso sah und längst mehr von ihm erwartet hatte als nur Kinobesuche, Knutschereien und ein bisschen Gefummel …

Er sagte nichts mehr, und auch Inka fand, dass es zu alldem nichts mehr hinzuzufügen gab. Schweigend schoben sie die letzten Erdbeeren ein, schweigend fuhren sie weiter. Nichts wie weg von dieser Wiese.

Was kurz darauf geschah, sollte Matti noch lange vor Augen haben.

Sie hatten Seldwitz schon fast erreicht, als sich ihnen an einer Kreuzung ein kleiner, offener Lastkraftwagen näherte. Beladen mit allerlei Kisten und Kartons rumpelte er, aus Richtung Krankenhaus kommend, an ihnen vorüber. Sie mussten bremsen und absteigen und Matti blickte dem Laster eher uninteressiert nach – bis er plötzlich zusammenzuckte: Muhammad! Zwischen zwei Kisten und mehreren Kartons saß Muhammad …

Vier, fünf Sekunden lang starrten sie einander an – Muhammad mit weit aufgerissenen Augen, Matti vor Verblüffung ganz starr –, dann war der voll bepackte Wagen schon über hundert Meter weit weg.

»Das war er«, konnte Matti nur stammeln, und ohne erst lange zu überlegen, schwang er sich in den Sattel und jagte dem Laster nach. Warum er das tat, obwohl doch klar war, dass er gar keine Chance hatte, ihn einzuholen? Nichts als die Ahnung, dass es sich hierbei doch nur wieder um eine Flucht handeln konnte, trieb ihn vorwärts.

Und diese Flucht auch noch ausgerechnet jetzt, da Elena und Jan sich doch um Muhammad kümmern wollten …

Mit aller Kraft trat er in die Pedalen, bis der Abstand zwischen dem Laster und ihm so groß geworden war, dass er die Verfolgung aufgeben musste. Nur sehr langsam und sich immer wieder umblickend, kehrte er zu Inka zurück.

»Dieser Idiot!«, schimpfte er laut. »Er muss abgehauen sein … Aber er darf doch noch gar nicht weg! Hat 'ne Gehirnerschütterung, sogar 'ne schwere. Und morgen wollten Elena und Jan ihn besuchen und ihm das mit der Patenschaft sagen …«

Am liebsten hätte er geheult. Was, wenn Muhammad irgendwann zusammenklappte, so geschwächt, wie er noch war? Wer würde ihm dann zur Seite stehen? Etwa der Fahrer dieses Lasters, der ihn, wenn er Pech hatte, auch wieder nur davonjagte?

»Er wird Angst haben, vor Gericht zu kommen und danach zu einer Gefängnisstrafe verurteilt oder in seine Heimat abgeschoben zu werden«, vermutete Inka.

Das war ja auch das, was Elena und Jan befürchteten. Matti hieb auf seinen Lenker, dass ihm die Faust schmerzte. »Aber für so einen Überfall – in seiner Notlage! – muss man doch Bewährung bekommen! Und dann darf man hierbleiben … Mensch, sogar einen Anwalt wollte Jan besorgen! Und jetzt haut er ab …«

»Aber das hat er ja alles gar nicht gewusst. Wir … wir sind eben zu spät gekommen.« Betrübt strich Inka sich übers Haar. »Und? Was machen wir denn jetzt? Eigentlich können wir uns den Rest des Weges ja nun sparen.«

Doch nein, das brachte Matti nicht fertig. »Fahren wir trotzdem hin«, schlug er vor. »Kann ja auch ganz was anderes passiert sein. Ich will – ich muss! – wissen, was da gelaufen ist.«

Es war aber nichts anderes passiert. Muhammad war einfach abgehauen. Heimlich hatte er sich angezogen und sich in einem günstigen Moment aus dem Krankenhaus geschlichen. Eine der Schwestern, noch sehr jung und mit Sidecut, verriet ihnen das.

»Ist ja heute Sonntag«, schimpfte sie, noch immer stocksauer über diese »Selbstentlassung«, »da sind wir nicht so viele. Also war die Chance, dabei erwischt zu werden, nicht sehr groß … Hab's gleich Dr. Najib gesagt. Na, der hat vielleicht 'ne Laune gekriegt.«

Voller Unverständnis schüttelte sie den Kopf. »Menschenskind, euer Freund weiß ja gar nicht, welches Risiko er da auf sich nimmt. Jetzt können wir nichts mehr für ihn tun … Dr. Najib hat zwar gleich die Polizei angerufen, damit die ihn zu uns zurückbringt, wenn sie ihn irgendwo findet, doch können die seinetwegen ja nicht sämtliche Straßen abklappern und alle Wälder durchkämmen … Die Augen will man offen halten, das war das Einzige, was man uns versprochen hat.«

Alles so, wie Matti es sich gedacht hatte. Schweigend traten Inka und er die Heimfahrt an. Und dann zogen, kaum hatten sie einen halben Kilometer zurückgelegt, auch noch Wolken auf, wurden dichter und dichter. Und in Mattis Kopf meldete sich wieder dieses beschissene Schuldgefühl! Hätte er doch bloß nicht zu diesem Stein gegriffen …

Inka sah ihm an, wie ihm zumute war, versuchte aber nicht, dagegen anzureden. Stumm fuhren sie durch den einsetzenden Nieselregen, bis das Ortsschild von Windeck vor ihnen auftauchte. Erst hier stoppte sie kurz, um leise zu fragen, ob er heute noch irgendetwas vorhabe.

»Nee!«, antwortete er knapp.

»Falls du Lust hast, kannst du ja mit zu uns kommen. Oma ist 'ne fabelhafte Köchin. Gulasch hat's heute Mittag gegeben, mit Klößen und Rotkohl. Da ist noch jede Menge übrig geblieben.«

Sie versuchte, ein aufmunterndes Gesicht zu machen. Doch in dieser Stimmung bei Oma Wendt am Tisch sitzen und sich den Bauch mit Klößen vollschlagen? Oder vortäuschen, mal Inkas Zimmer sehen zu wollen, um – ja, was? Um doch noch mal sein Glück bei ihr zu versuchen? Nein, das wollte er nicht, und darauf würde auch Inka nicht eingehen. »Hab gar keinen Hunger«, so Mattis müde Abwehr. »Werd mich in meinen Schlafsack verkriechen und 'n bisschen pennen.«

Inka zögerte. Rechts ging's nach Windeck, links zum Fuchsbau. »Ich kann aber auch mit zu dir kommen. War schon ewig nicht mehr in dieser Ruine. Bin neugierig, wie's da jetzt aussieht.«

»Aber da ist doch alles genau wie damals, nur noch 'n bisschen kaputter.« Hatte er sich geirrt? Wollte sie vielleicht doch noch mal irgendwohin, wo sie mit ihm allein war?

»Will nur mal kurz kucken, hau gleich wieder ab.«

Dagegen konnte er nichts haben. »Okay! Wenn du unbedingt willst …« Ohne zu wissen, wie er ihren Wunsch werten sollte, kurvte er um sie herum, und schweigend fuhr sie hinter ihm her.

Und dann standen sie wieder vor der Ruine, die vier Jahre zuvor ihr geheimnisumwitterter Spielplatz gewesen war. Andächtig starrte Inka mal das alte Gemäuer, mal die beiden Linden an, die ihr jetzt gar nicht mehr so hoch erschienen, wie sie verwundert feststellte.

»Das ist nur, weil wir damals viel kleiner waren.« Eine Binsenweisheit, aber auf jeden Fall besser, als gar nichts zu sagen. Er wusste ja immer noch nicht, was er von alldem halten sollte.

Sie nickte verträumt. »Ja, klar … Was meinst du, ob das Haus uns wiedererkennt?«

»Das wird es uns nicht verraten.« Er grinste vorsichtig, und dann fragte er Inka, ob sie die Geschichte dieser Ruine kenne.

»Klar! Oma hat sie mir mal erzählt … Lauter Betonschädel, diese Füchse, hat sie gesagt. Immer haben sie ihr eigenes Ding machen wollen.«

»Ungefähr so wie du?« Er grinste etwas breiter.

Sie lachte. »Warum denn nicht? Lieber 'n Betonschädel als von morgens bis abends weiche Knie.«

Und er, Matti, was war er aus ihrer Sicht für einer?

Inka ahnte die unausgesprochene Frage. »Nein«, sagte sie und strich ihm mit dem Zeigefinger über die Stirn, als ob sie ihm – nach all dem, was zuvor zwischen ihnen gewesen war – ihre neue, wenn auch nicht *zu* nahe Nähe beweisen wollte. »Du hast keinen besonders harten Schädel. Dafür denkst du viel zu viel nach … Unter weichen Knien leidest du aber auch nicht. Jedenfalls hoffe ich das.«

Wieder lachte sie, und dann nahm sie seine Hand, um voller Neugier mit ihm durch alle Räume zu spazieren.

Eine Szene, wie Matti sie mal in einem Film gesehen hatte: ein junges Paar, das durch seine noch gänzlich leere, neue Wohnung schreitet … Er kam sich komisch vor: Warum warf Inka ihm nur immer wieder solche Bonbons zu, wenn sie doch zu Mark gehörte?

Immer wieder blickte sie sich um, als sähe sie alles zum ersten Mal. Und immer wieder fiel ihr etwas ein, von dem sie geglaubt hatte, es längst vergessen zu haben. Er jedoch hatte so gut wie nichts vergessen. Sie war beeindruckt. Und als sie danach wieder vor der Tür standen, gestand sie ihm, dass sie selbst kaum noch an diese »Südamerika-Ferien« gedacht hatte.

Er war nicht enttäuscht, hatte das längst geahnt.

»So, und jetzt muss ich dir noch was sagen: Was da vorhin zwischen uns war, das war schön und ist mir vorher in dieser Weise noch nie passiert. Darfste dir echt was drauf einbilden. Aber irgendwie fühle ich mich von mir selbst überrumpelt … Und deshalb fahre ich gleich morgen früh nach Hause. Will zu Mark, muss mit ihm reden. Und das geht nun mal nicht per Handy.«

Kurz zuckte sie die Achseln, dann atmete sie tief ein. »Wäre doch bescheuert, uns wegen dieser blöden Eifersuchtsgeschichte die Ferien zu versauen … Wir wollten ja noch weiter, mit der Bahn durch halb Europa wollten wir, haben sogar schon die Tickets.«

»Klar!« Er nickte, als hätte er volles Verständnis.

Prüfend sah sie ihn an. »Aber das muss ja nicht heißen, dass wir uns aus den Augen verlieren. Ich komm bestimmt mal nach Berlin. Dann besuch ich dich. Außerdem können wir uns mailen oder auch mal miteinander telefonieren … Oder noch besser«, ihre Augen leuchteten auf, »wir verabreden uns für nächsten Sommer. Kannst bei meiner Oma übernachten. Ist genug Platz. Sogar 'n eigenes Zimmer kannst du haben … Oder, Möglichkeit Nr. 2, du ziehst zu Hadscha, wenn dir das lieber ist. Wie der sich freut, wenn er jemanden hat, dem er seine Geschichten erzählen kann! Und vielleicht bringst du ja auch Jessy mit.«

»Und Mark?«

»Mark?« Da war es wieder, ihr stolzes Inka-Gesicht. Niemand konnte entschlossener blicken als sie. »Was soll mit ihm sein? Er muss meine Freunde schlucken – oder zu Hause bleiben. Ich muss ja auch mit seinen Leuten auskommen.«

Damit erübrigte sich jede weitere Diskussion. Matti gab Inkas Daten in sein Smartphone ein, danach übernahm sie seine in ihres.

Als auch das erledigt war, standen sie noch einen Moment beieinander, und keiner wagte mehr, den anderen anzusehen. Es fiel Inka schwer, jetzt so einfach wegzufahren. Dann, ganz plötzlich, hob sie den Kopf, legte Matti die Hände auf die Schulter – und küsste ihn noch mal. Ein sehr, sehr kurzer, aber dafür ganz besonders zärtlicher Abschiedskuss.

Gleich darauf bestieg sie ihr Rad und fuhr, ihm noch lange zuwinkend, davon.

Der neue Matti

Abends wurde der Regen stärker. Oft pladderte er so heftig aufs Dach, dass es wie wildes Getrommel klang. Nerviges Begleitkonzert, während Matti, auf seinem Schlafsack liegend, sein Smartphone bearbeitete.

Bearbeitete war die richtige Bezeichnung. Bei diesen beiden Mails kam es auf jedes Wort an. Weder Jessy noch die Eltern sollten einen falschen Eindruck bekommen: Er kehrte nicht *reumütig* heim, wollte nur ankündigen, *dass* er heimkehren würde. Und zwar schon tags darauf, am Montag.

Was sollte er denn noch hier, nachdem Inka nicht bleiben wollte und auch Muhammad abgehauen war? Auch juckte es ihn, Peer wegen diesem Ohrfeigen-Ausraster zur Rede zu stellen. Jessy musste davon ja gar nichts erfahren. *Komme morgen zurück*, mailte er ihr. *Aber das hat nichts mit deiner letzten Mail zu tun. Was zwischen Peer und dir war, geht mich nichts an.* Zu all dem anderen, was sie geschrieben hatte, kein Wort. Nur: *Klar können wir mal reden. Warum denn nicht? Matti.*

Kein Gruß, kein Schwulst. Noch war er sich über seine Gefühle längst nicht im Klaren. Miteinander reden, klar, das mussten sie. Vor allem, da ja auch er inzwischen keine ganz reine Weste mehr hatte. Aber wie dieses Gespräch ausgehen würde? – Keine Ahnung!

Den Eltern verriet er endlich, wo er die letzte Woche verbracht hatte. Damit sie wussten, wo sie ihn abholen konnten. *Wollte ja eigentlich mit dem Fahrrad zurückfahren,* schrieb er, *aber das Wetter ist so schlecht geworden. Hab keine Lust, zwei Tage durch Wind und Regen zu strampeln und mir vielleicht noch 'ne Erkältung zu holen, bevor wir nach Norwegen fahren. Wir treffen uns dann vor der Kirche, ja? Aber kommt nicht zu früh, erst so gegen zwei. Muss mich noch von Freunden verabschieden.*

Das mit der Erkältung und Norwegen war gut. Damit sprang er auf ihren Zug; die Reise war ihnen ja wichtig. Und um sich noch ein bisschen versöhnlicher zu geben, fügte er noch hinzu, dass er sich inzwischen schon mächtig auf Norwegen freue – *Soll ja ein irre interessantes Land sein* –, dann wusste er nicht weiter.

Wer die Freunde waren, von denen er sich zuvor verabschieden wollte, nein, das mussten sie nicht wissen. Hadscha Krey und Elena waren ganz allein seine Angelegenheit.

Vielleicht würde er Silvia und Eddie später, zu Hause, mal von ihnen erzählen, jetzt auf gar keinen Fall. Deshalb war zwei Uhr mittags ja auch ein so guter Zeitpunkt, weil Elenas *Futterkiste* dann längst in Richtung Zassow unterwegs war.

Also schrieb er nur noch kurz, dass diese Woche für ihn eine ganz wichtige Zeit gewesen sei, weil er nun endlich wisse, was er wolle und was nicht. Genaueres allerdings sollten sie erst auf der Rückfahrt erfahren.

Am Schluss ein knappes *Bis bald, euer Matti,* und schon drückte er auf *Senden* und schaltete das Smartphone aus, um nicht sofort mit jeder Menge Rückfragen bombardiert zu werden.

Ja, und danach?

Danach stellte er sich vor das staubgraue Fenster und sah in den noch graueren Tag hinaus.

Silvia und Eddie, vielleicht ahnten sie ja schon, was er ihnen sagen wollte. Wenn nicht, auch gut. Fakt war, dass sie sich den Abiturientensohn endgültig abschminken konnten …

Klar, sie würden diese Entscheidung nicht so einfach schlucken, sondern sicher noch lange dagegen anreden, aber sollten sie ruhig. Die Zeiten, in denen er sich zu irgendwas überreden ließ, waren vorbei. Diese eine Woche Windeck, sie hatte ihn stärker gemacht. Hierherzufahren war die beste Idee, die er jemals hatte.

Noch später am Abend fiel der Regen nicht mehr so heftig, doch hielt er die ganze Nacht über an.

Matti jedoch störte er nicht mehr. Das gleichmäßige, an einen defekten Wasserhahn erinnernde Tropfen der alten, bereits einen Meter über der Erde abgebrochenen Regenrinne beruhigte eher. Und so schlief er bald ein, und falls er in dieser Nacht irgendetwas geträumt haben sollte, so erinnerte er sich am Morgen darauf nicht mehr daran.

Ein letztes Zähneputzen und Frischmachen unter der Pumpe – um noch einmal in seinen Whirlpool zu springen, war es an diesem nieselgrauen Regenmorgen viel zu kalt –, dann schob er, im Türrahmen stehend und die diesige Landschaft betrachtend, die letzten Wurst- und Brotreste ein. Zwischendurch trank er, was er sich aus der Pumpe abgefüllt hatte, und füllte die Flasche danach noch einmal voll. Silvia und Eddie sollten auch mal davon kosten dürfen. Als dann alle Utensilien in den Gepäcktaschen verstaut und Isomatte und Schlafsack auf dem Gepäckträger festgebunden waren, blieb ihm nur noch eines zu tun: einen Abschiedsgang durch alle Räume anzutreten.

Schon verrückt, dass man sich auch die unwirtlichste Unterkunft mit der Zeit richtig warm wohnen konnte!

Die letzte Fahrt ins Dorf. Um Unmengen Pfützen, Bäche und kleine Seen musste er herumkurven, immerzu nieselte es Matti ins Gesicht.

Ein Wetter, das ihm den Abschied leicht machte? Nein, irgendwie klappte das nicht.

Zuerst ging's zu Hadscha Krey. Auch keine leichte Sache. Er mochte den Alten längst. Der alte Hadscha war nicht der Typ Großvater aus der Familienserie, nur ein alter Mann, mit dem man reden konnte. Aber davon gab's sicher nicht viele.

Er traf ihn in der Werkstatt an und musste nicht mehr viel erklären. Inka hatte bereits von Muhammads Flucht berichtet.

»Bisschen sehr voreilig von ihm«, knurrte der alte Hadscha, ohne die Pfeife aus dem Mund zu nehmen oder die Arbeit an dem Stuhl, den er gerade neu lackierte, zu unterbrechen. »Doch wenn man's recht bedenkt, auch irgendwie verständlich, oder?«

»Aber er war ja noch gar nicht wieder richtig gesund ... Und ich hab doch gesagt, dass ich wiederkommen will. Hätte er noch 'n bisschen gewartet, dann hätten Inka und ich ihm von Jan und Elena erzählen können ...«

»Tscha, hätte, wäre, wenn, diese drei tauben Eier!« Jetzt legte der alte Hadscha doch mal den Pinsel beiseite, um in Ruhe ein paar Pfeifenzüge nehmen zu können. »Ist aber nun mal so: Kein Fisch ist ohne Gräten – und Menschen machen Fehler.«

Er seufzte. »Kannst es mir glauben, Matti, 's tut mir echt leid für den Jungen ... Wünsche ihm von Herzen, dass er bald auf verständige Menschen trifft, die ihm helfen, seinen Gamal zu finden. Wir aber, nee, was könnten wir jetzt noch für ihn tun? Wir wissen ja nicht mal, wohin es ihn inzwischen verschlagen hat. Und hier bei uns, da wird er wohl kaum noch mal auftauchen, oder?«

Worte, die Matti nicht gefielen, aber kaum anzuzweifeln waren.

»Alles nicht sehr schön, ich weiß.« Mit unwirschem Gesicht sah der alte Mann in den vor sich hin tröpfelnden Regen hinaus. »Wir schlichten Gemüter, wir fragen uns ja gern: Warum muss das alles nur so sein? Warum wird uns mehrheitlich doch ganz friedfertigen Leutchen nur immer wieder so was zugemutet: Krieg, Hunger, Diktatoren? Ist's denn so schwer, 'ne einigermaßen friedliche und halbwegs gerechte Welt aufzubauen? Tscha, die einzige Antwort, die ich mir darauf geben kann: Ist wohl so! Denn wär's anders, na, dann hätten wir uns diese neue Welt doch längst aufgebaut, oder?«

Er lächelte müde und legte Matti wie zur Entschuldigung die Hand auf die Schulter. »Vorsicht! Darfst mir altem Knacker nicht alles abnehmen, was ich da so vor mich hin quassele. Wer jung ist, der darf, nee, der *muss* auf Wunder hoffen. Mir fällt das mit der Zeit leider immer schwerer.«

»Klar!« Matti lächelte zurück – und dann streckte er die Hand aus. »Bin eigentlich nur gekommen, um mich zu verabschieden … Wird langsam Zeit.«

»Hab ich mir gedacht.« Hadscha Krey ergriff seine Hand, drückte sie kräftig und hielt sie lange fest. »Inka fährt ja nun auch wieder weg …«

»Ich komm aber bestimmt bald mal wieder.«

»Freilich, alle kommt ihr wieder.«

»Aber ich meine das ernst, ich komme wirklich mal wieder.« Matti ging es nicht darum, irgendwelchen Schmus zu erzählen. Spätestens im nächsten Sommer wollte er wieder hier aufkreuzen. Wenigstens für ein paar Tage, und das nicht nur wegen Inka. »Muss ja auch gar nicht mit dem Rad kommen, gibt ja die Bahn und den Bus. Das geht viel schneller.«

»Wäre jedenfalls fein!« Hadscha Krey griff nach einer neuen, bereits gestopften Pfeife, zündete sie an – und schon waberten wieder kringelige Wölkchen durch den

Raum. »Ruf aber vorher an! Meine Telefonnummer hast du ja. Damit du nicht umsonst kommst. Bin ja nicht immer hier.«

Sollte das etwa heißen: Bin vielleicht *gar nicht mehr* hier? Matti schluckte, der alte Hadscha aber machte ein so harmloses Gesicht, als hätte er wirklich nur eine kurzzeitige Abwesenheit gemeint. »Und jetzt?«, wollte er wissen. »Wie geht's weiter? Soll ich dich zum nächsten Bahnhof bringen? Der Bus fährt ja erst in zwei Stunden wieder, und bei dem Wetter den ganzen Weg mit dem Rad, das wird keine Vergnügungsreise, oder?«

»Ich werde abgeholt.«

»Von deinen Eltern?«

»Ja.«

»Na also!« Hadscha Krey machte ein zufriedenes Gesicht. »Renkt sich eben doch vieles wieder ein, wenn man 'n bisschen Geduld hat.« Und damit legte er einen Finger an seine Basecap, wie um einen kurzen Abschiedsgruß anzudeuten, und wandte sich wieder seinen Lackierarbeiten zu.

Matti konnte nur noch »Tschüs!« sagen.

Elena wusste noch nichts von Muhammads Flucht. Ihre Enttäuschung war groß und zweifelnd sah sie Matti an. »Einfach abgehauen, sagst du? Und das, ohne vorher irgendjemandem ein Sterbenswörtchen zu sagen? Nicht mal Dr. Najib?«

Matti blieb nichts anderes übrig, als zu nicken.

»Wie dumm von ihm!« Sie machte ein trauriges Gesicht. »Vielleicht hätten Jan und ich ihm ja helfen können.« Und sicher hätte sie noch länger über Muhammad geredet, wenn Matti ihr nicht zu verstehen gegeben hätte, dass er das nicht wollte. Brachte ja alles nichts, war ja nichts mehr zu ändern.

Betrübt verstummte sie, aber dann gab sie sich einen Ruck und wollte wissen, was er denn heute brauchte. »Hab neue Marmeladen im Angebot. Oder magst du nichts Süßes?«

»Bleibe nicht länger. Meine Eltern kommen mich abholen.«

»Na bitte!« Sie mühte sich ein Lächeln ab. »Der verlorene Sohn kehrt an den heimatlichen Herd zurück.«

Dazu sagte Matti lieber nichts. *Verloren*, das passte viel besser zu Muhammad.

»Und dein Besen? Vergiss den nur nicht! War ja 'ne richtig teure Anschaffung.«

Sie wollte ihn aufheitern, obwohl ihr selbst nicht danach zumute war. Vielleicht fand sie's ja auch schade, dass er nun nicht mehr vor der *Futterkiste* aufkreuzen würde. Den Besen aber hatte er stehen lassen. Der gehörte von nun an zum Fuchsbau. Hätte er den mitgenommen, wie hätte Silvia über ihn gelacht: Ihr Matti, zu Hause zu faul, den Müll runterzutragen, seit Neuestem mit eigenem Besen!

»Na, dann werd ich mal wieder.« Kurzer Blick nach links, kurzer Blick nach rechts, ob eventuell doch noch ein Kunde im Anmarsch war, dann schloss Elena die Verkaufsklappe. Bevor sie sich hinters Lenkrad klemmte, kam sie aber noch mal zu ihm. Um ihn kurz an sich zu drücken. »Tschüs mit üs! Und wenn's dich mal wieder in unsere Gegend verschlägt – wäre schön, wenn du mal vorbeischaust.«

Er nickte nur stumm, sie strich ihm noch mal über die Wange, stieg ein und fuhr los.

Jetzt war die *Futterkiste* schon lange nicht mehr zu sehen. Der Platz vor der Kirche lag wieder da wie ausgestorben. Zum Trost schob sich die Sonne durch die Wolken. Bis zwei war aber noch viel Zeit, fast eine ganze Stunde. Ob er noch mal rasch zu Inka fuhr?

Nein! Wozu? Gestern, die Fahrt mit ihr und was sie gesprochen hatten, und zum Abschied der Austausch ihrer Adressen, irgendwie hatten sie am Ende doch noch alles auf die Reihe bekommen. Besser konnte es nicht werden. Auch saß sie ja vielleicht schon längst im Zug nach Hannover.

Matti überlegte, ob er noch ein bisschen durchs Dorf kurven sollte, bevor Silvia und Eddie kamen, da sah er ihren *Volvo* schon auf sich zukommen. Sie mussten sich gleich morgens im Reisebüro und bei *Nordwig & Co.* abgemeldet haben und danach viel zu früh losgefahren sein. Aber das war nicht schlecht, diese eine Stunde mehr, irgendwie wäre sie eine zu viel gewesen.

Silvia winkte ihm schon von Weitem zu. Durchs offene Seitenfenster. Eddie drückte ein paar Mal auf die Hupe. Ein Lärm, der diesen stillen Ort zu erschüttern drohte.

Nur kurz winkte Matti zurück; als der Wagen hielt,

schob er sein Rad gleich in Richtung Kofferraum. Silvia aber war schneller, stieg aus, umarmte ihn heftig und küsste ihn mehrfach. Das mit Tränen in den Augen. »Du Gangster!«, schimpfte sie danach, hielt ihn kurz von sich weg, um ihn besser betrachten zu können, und umarmte ihn erneut. »Was ist dir da bloß eingefallen? Uns dermaßen im Ungewissen zu lassen!«

»Hab mich doch gleich gemeldet.«

»Dafür danken wir ja auch tausendmal!« Eddie. Groß und breit stand er vor Matti, umarmte ihn ebenfalls und boxte ihm sachte in die Seite. »Na, Junior! Da werden wir in den nächsten Tagen aber 'ne ganze Menge Talkshows veranstalten müssen. Mach dich auf längere Sendezeiten gefasst.«

»Wo bist du denn hier überhaupt untergekommen?« Neugierig sah Silvia sich auf dem weiten, leeren Platz um; so, als müsste es irgendwas zu entdecken geben, das ihr diese Frage beantwortete. »Ja, und was hast du all die Tage über gegessen? Und wieso bist du denn ausgerechnet hierher gefahren? Nur weil wir hier mal Ferien gemacht haben?«

Matti wollte irgendwas Ausweichendes antworten, Eddie bewahrte ihn davor. »Lass ihn doch erst mal einsteigen, Silvie! Ab sofort haben wir doch jede Menge Zeit für Interviews.« Und zu Matti gewandt erklärte er knapp: »Norwegen ist gestrichen. Dank deiner vorsorgenden Mutter konnten wir alles stornieren. Ist besser, wir fahren nach Brandenburg, an einen schönen, großen See ohne sonstige Sehenswürdigkeiten. Da bleibt uns, wenn wir uns nach dem Baden nicht langweilen wollen, gar nichts anderes übrig, als öfter mal in uns zu gehen.«

Ein Grund, enttäuscht zu sein? Nein! Eddie hatte recht: Norwegen, das wäre eine reine Sightseeing-Reise geworden; Zeit, um mal so einiges miteinander zu bereden, wäre dort kaum geblieben.

»Okay!« Nach kurzem Überlegen nickte Matti diese Änderung ihrer Urlaubsplanung ab. »Schöner, großer See klingt gut. Eines aber sage ich euch jetzt schon: Ich bleibe nur noch ein Jahr auf dem Gymnasium. Nach dem MSA ist Schluss. Brauch kein Abi. Werde dafür ab nächstem Monat Bewerbungen schreiben – für irgendwas mit Elektronik.«

»So?« Eddie machte ein Gesicht, als schmerze ihm nicht nur ein Zahn, sondern gleich das ganze Gebiss. »Das hast du in deiner Landeinsamkeit also ganz für dich selbst entschieden? Wozu dann noch ein Ferienpalaver?«

»Damit ihr mich besser versteht.« Das kam so cool und selbstverständlich, dass Silvia und Eddie begriffen, wie ernst es ihm damit war.

»Aber …« Eddie wollte noch etwas erwidern, Silvia jedoch blitzte ihn an, als wollte sie ihn an ein Versprechen erinnern, das sie sich gegenseitig gegeben hatten. Deshalb sagte er erst mal lieber nichts mehr, rettete sich nur mal wieder in einen seiner Scherze. Er öffnete die Tür zu den Rücksitzen und versuchte, mit den Armen herumfuchtelnd, Mattis Körpergröße abzuschätzen. »Ob unser neuer Matti hier überhaupt noch reinpasst? Hab das Gefühl, er ist in dieser Woche um einen halben Meter gewachsen.«

»Mindestens.«

Gut, dass seine Entscheidung jetzt nicht weiter diskutiert wurde. Matti spielte mit und duckte sich tiefer als nötig, bevor er in den Wagen stieg. Rad und Gepäck überließ er Eddie.